此心安處是吾鄉

陳建華 著

目錄

序

鄭培凱

　　初識陳建華君的時候，他還是位翩翩年少的學者，因為武漢大學戲曲學家鄭傳寅教授的推薦，來到香港城市大學，參加我主持的青年學人計畫。印象中，他是個好學深思的讀書種子，性格相當開朗，認真探討學問，時有犀利的見解，提出不同流俗的評論，卻又保留了一種當今少有的謙遜古風。前三四年我到武漢大學去講學，他和一眾學友請我多次聚會，發現他接近中年之際，談吐之間已有不惑之風，斯文有繼，令人欣慰。

　　近來收到建華的書稿《此心安處是吾鄉》，囑我寫篇序文。讀了書稿之後，覺得此書不但文筆優美，而且旁徵博引，讀書時出新意。最有趣的是，他展示的新意，不是傳統學院派的新意，而是緊貼當今地氣的議論，同時還頻頻翻用傳統典故，穿插一些「潮語」，製造了一些古今對比的文字張力。收在這本書裡的文章，反映了中國近代散文發展最有生氣的契機，就是在思維脈絡與文字運用兩方面，出現了傳統文化與近代思維的

糾葛與衝突，同時又以文言詩詞意象與白話敘述的交迭，企圖詮釋、解構、融匯中西文化傳統，展示了現代中國讀書人努力承襲文學傳統，又能超越因循傳統的藩籬，試圖突圍而出，開創文化的新生。從這些文章，我們可以看到，自從五四新文化運動以來，白話文學的發展，經過了一百年，已經從早期「文學革命」簡單粗糙的「打倒」、「推翻」，進入到二十一世紀的深刻反思，逐漸把承傳歷史文化與詩詞歌賦的「典故」，融入了日常話語的文學探索。

書稿以「此心安處是吾鄉」為書名，當然是取自蘇東坡的《定風波》《南海歸贈王定國侍人寓娘》：「誰羨人間琢玉郎，天應乞與點酥娘。盡道清歌傳皓齒，風起，雪飛炎海變清涼。 萬里歸來顏愈少，微笑，笑時猶帶嶺梅香。試問嶺南應不好？卻道：此心安處是吾鄉。」這首詞是蘇東坡在元佑元年（1086）寫的，在他經歷了貶謫黃州之後，召回朝廷，青雲直上之時，與受他牽連遭貶也平反了的王定國相聚，在王家聽了歌兒柔奴（即寓娘），有感而作。東坡問柔奴，當年跟隨王定國遭貶到嶺南賓州，在那樣放逐的日子，生活的還好嗎？柔奴的回答是，「此心安處是吾鄉」，讓東坡大有感悟。

吳曾《能改齋漫錄》指出，這句話的來源，可以追溯到白居易的詩句，而且是經常使用的話語，反映白居易隨處而安的心態，如《吾土》：「身心安處為吾土，豈限長安與洛陽？」《出城留別》：「我生本無鄉，心安是歸處。」《重題》：「心泰身寧

是歸處，故鄉獨可在長安？」《種桃杏》：「無論海角與天涯，大抵心安即是家。」且不管柔奴回應東坡的時候，是否知道白居易的詩句，也不管東坡填詞之際，是否自覺使用白居易的詩句典故，他們反映的心境卻是一致的，都經歷了顛沛流離，都在困苦的環境中放下了愁苦憤懣，在生活中學會了心境的寧謐。然而，命運撥弄人世的變幻，實在是難以預料的。俗語說，天有不測風雲，人有旦夕禍福。就在東坡寫下「此心安處是吾鄉」之後八年，他又遭到貶謫，而且是貶到嶺南的惠州，之後甚至流亡到海南，讓他以為一定是埋骨海外了。好在他心胸豁達寬廣，而且早已體悟此心安處的深意，是如何在困境中尋求心理的超越，如何生活在險惡的世局之中，還能保持心靈的寧靜，思考自己的生命意義。

作者是大學中文系的教師，或許是因為常年浸潤中外文學名著，落筆為文，會有意無意，流露出內化了的文學典故，感歎年輕人的浮躁無文，讓他感到講課得不到共鳴，如同自說自話的修行：「講課也是一種修行，每一間教室都可以成為道場，每一個老師也可以成為方丈。大家抱怨如今的校園沒有了沈從文、朱自清、梁實秋、余光中伶仃的身影，汽笛聲聲驅散了中文系蘆荻蕭蕭的蛙鳴，大漠孤煙遠去了，悠然南山也遁走他鄉，青年們的精神流浪在通俗歌曲與影視的在水一方。他們的心靈難以響起詩詞的鏗然足音，一代人的情感日見粗糙。女孩子不在林黛玉的瀟湘館外，卻在麥當娜的石榴裙旁，傷春悲秋

的一瓣花香快要凋零斷絕了，我們滿可以指責傳統文化的淪落與不繼，黃昏深院再也看不到舊時明月與歸來春燕。」

典故使用的好，融入作者深沉的內心感喟，反映師生兩代對文學認識的差距與隔閡，讀來有點智者的寂寞感，是獨立人文寒秋的落寞。有時作者引用典故過多，恐怕也是書讀多了，難免要獺祭一番，如這一段講情多累人：「生怕情多累美人，還是『春風十里揚州路，卷上珠簾總不如』的杜牧，『只與蠻箋象管，拘束教吟課』的耆卿，『落花人獨立，微雨燕雙飛』的小晏實在，是浪子又如何？承認飛紅翠袖，情深緣淺，又如何？有著女人般長相的徐志摩感情細膩到了極點，他在《我所知道的康橋》寫道：『但一個人要寫他最心愛的對象，不論是人是地，是多麼使他為難的一個工作？你怕，你怕描壞了它，你怕說過分了惱了它，你怕說太謹慎了辜負了它…』算是郁達夫『也曾醉酒鞭名馬，生怕情多累美人』的另一種表述吧。」錢鍾書《宋詩選注》注蘇東坡《百步洪》第一首寫水波沖瀉的一段：「有如兔走鷹隼落，駿馬下注千丈坡。斷弦離柱箭脫手，飛電過隙珠翻荷。」對使用博喻的巧妙，做了極其簡約精準的評論：「四句七種形象，錯綜俐落，襯得《詩經》和韓愈的例子，都呆板滯鈍了。」連《詩經》與韓愈都有使用博喻導致板滯的情況，或許這是讀書人學殖富贍的通病吧。

本書瀰漫著強烈的人文精神，可以感受到生於當今的建華，面臨經濟大潮高於一切，把發家致富奉為聖諭的時代，充

滿了感時憂國的焦慮，認為身為現代知識人，還是得擔負起中國文化傳統的先憂後樂抱負。作者不斷提醒我們，關心社會，重視民瘼，相信教育應當提升文明的進階，這是傳統儒家精神進取的一面，也是現代化過程中，儘管眾聲喧嘩，前人的道德智慧與審美品味，依然有其百世不替的價值，是人們不可或忘的信念。本書描繪春花秋月是如何賞心悅目的畫面背後，有著濃厚的己立立人儒家精神。不管人類是否能夠登陸火星或太陽系以外的任何星球，生命的意義還在自身，修身齊家治國平天下，還是現代及未來追求人類和平與幸福的基本綱領。

作者在一篇文章裡提到，「世間的一切學問，大至宇宙，小至無間，莫不是為了解決身心性命的問題。現在，以數字與科學為外包裝的偽學問卻大行其道，巧妙地愚弄世人，結果便捨本逐末，背內合外，愈趨愈遠，愈走愈歧，愈鑽愈晦。」這樣的議論，強調的是安身立命，乍聽起來有點像新儒家的論調，甚至像是馬一浮論道的言語。然而，書中也時常徵引西方名哲關於生命意義的論點，反映了作者對個人主體的肯定，在注重儒家人我關係（也就是傳統說的「人倫大常」）之際，絕對不可忽略個人存在的意義。他引用了伍爾芙在《普通讀者》裡的一句話：「讀書是為了自己高興，而不是為了向別人傳授知識，也不是為了糾正別人的看法。」還在另一處引用盧梭的論斷：「人生來是自由的，但卻無處不身戴枷鎖，自以為是其他一切的主人的人，反而比其他一切更是奴隸。」伍爾芙與盧

梭的觀念，斬釘截鐵，展示的是現代個人主義精神，與傳統儒家人倫觀念似乎是格格不入的，卻在作者這本書中，通過文學思維的感悟與聯想，結合成一種新的思維意識，或許正反映了一些現代中國讀書人融合古今中外思想的現象，在眾說紛紜的思想糾葛之中，摸索或明或晦的脈絡，不知不覺也發生了儒家精神的現代轉化。這個現象不是構築哲學系統的企圖，而是生活意識的潛在流露。

作者是學術圈中人，對當今人文教育的發展相當憂心，中國人文學術，惟西方馬首是瞻，惟理工科的標準化是瞻，把人文精神變成規範化的機械資料，讓本來應當自由翱翔的人文想像，變成生產線合乎市場規範的產品。他的批評十分嚴厲，「簡單問題複雜化，本土語言歐美化，這是學術體制驅使下的必然。放眼全球，資本傲立潮頭，視人為無物，力推資料與量化。一幫躁鬱的官員與管理者，以創新、改革為名，行標準化、規格化之實。透過冗繁的表格、申報、評審，將大學改造成論文生產線，將教師的才情抱負消磨於無窮無盡的標準規範與堆積如山的故紙資料之中，教授與博士淪為不折不扣的表格填寫員與泡沫製造機。」

或許作者使用「此心安處是吾鄉」作為書名，是感到生活在今天紛亂的世界中，機械與大數據講求標準規格，大行其道，定於一尊，只好學學柔奴與蘇東坡，力求心境的澄明，尋求一片心靈的淨土。

輯一

跌宕自喜，如實生活

標準化時代的文化鄉愁

電影《死亡詩社》裡，異類教師基廷引述了普里查特博士關於詩歌鑑賞的論述，普里查特用座標橫軸表示詩的完美性，用縱軸表示重要性，確立一個座標點，計算其所占面積，便可測算詩的偉大指數。基廷要求學生將這一部分教材撕掉，以表示對文不及意學術腔的痛恨。

石遺先生曾謂：「論詩必須詩人，知此中甘苦者，方能不中不遠，否則附庸風雅，開口便錯。」確為不易之論。從形式上審查，普里查特博士的表述規範且近乎完美，將詩歌欣賞的感性沉迷轉化為可資遵循的理性路徑，將只能意會難以言傳的審美體悟做成視覺化的數學模型，既易於理解又具有操作性。但這改變不了標準化時代「精緻的平庸」的本質。他回答不了如下問題：為什麼在我們生命經驗裡，詩歌會比視訊更美，更能讓讀者怦動與心跳、更能感受美麗與哀愁、更能使人眷戀這世間紅塵？

嚴格說，悟詩比解詩更重要。南宋嚴羽借禪喻詩：「大抵禪道唯在妙悟，詩道亦在妙悟。」民國時期有教授講詩，一堂

課下來，只一首一首朗誦，頂多在精妙之處停頓，連聲感歎「好詩，好詩」。行家眼中，這種作法或者更貼近詩的本質：詩歌往往只表現情緒，傳達情感，能觸摸這種情感，感受語言的體溫，也就夠了。用分析、歸納與綜合的理性思維去規訓感性、直覺的藝術思維會適得其反。基廷若目睹此教授上課，應該會心一笑。民國時期，學術體制化與管理表格化尚不發達，還能容忍如此行為，不過，在現代大學疊床架屋的評鑑體系裡，此教授的解讀方法不但難以出現在供同行觀閱的學術期刊裡，恐怕在繁複的課堂教學指標體系裡都難以達標。

再往前看，釋迦、孔子來教現代大學怕也難適應。釋迦說法，多以色相示人，遊戲神通，如桃李不言，下自成蹊。孔子亦多喜怒不測，言行每出其門人意料之外，有時極正經，有時卻只開開玩笑。如此新鮮活潑，春光爛漫，很難保證不被習慣於標準化的管理者說成調笑晏晏。

全世界的學術圈越來越迷戀於自我發明的一套言說方式，甚至將這種言說方式視作身份證明，儘管經不起推敲與追問。經濟學者開玩笑說，你只要用幾個複雜的模型作為論證方法，哪怕最終結論只是「中西部經濟落後於東部沿海」這樣的常識，也會有不少雜誌願意刊布你的成果。最近幾十年，經濟學正在變成一些用正規數學語言表述的專題。不唯如此，各種冠以科研之名的成果充斥著採樣的資料、數學建模與自我發明的公式。查爾斯・塞費在《數字是靠不住的》裡專門批判過學術

機構如何熱衷於為一切事物制定方程式、公式，卻不管這些公式與數字描述的規律到底能否成立。為了顯示研究的科學性，作者用這些手段將讀者繞得雲裡霧裡後，得出一些不近人情且無聊透頂的結論。有心理學家歸納出健美的臀部公式，將「外形」「圓潤度」「健壯度」「結實度」「手感」「臀部與腰部的圍度之比」幾個指標經過眼花繚亂的演算之後，聲稱可以計算出完美的臀部。經常在媒體上看到幸福公式、痛苦公式和各類不知所云的大學排行榜、發展指數。學者們熱衷於用圖表、方程式、公式等數學語言對各種荒誕不經的學說進行華麗的包裝，讓那些愚蠢的想法顯得證據確鑿。

對數字、公式、模型等理性語言的迷戀折射出論文價值的真實來源。工業革命後，人類文明加速，劃時代的科學發現差不多都是以論文為呈現形式。在眾多文體中，論文的優先地位得以彰顯並逐漸鞏固，科學研究範式獲得眾星捧月般的尊崇。一個明顯的標誌是，人文社會學往往被冠以人文社會科學之名，因為，不加上科學兩字，很難在學科分類日益細瑣的現代知識體系裡占據一席之地。既是科學研究，則有範式。庫恩提出「範式說」，用以界定什麼該被研究、什麼問題該被提出、如何對問題質疑，回答問題該遵循何種原則，這些成了學術圈的廣泛共識。同時，論文作為研究成果的呈現方式，自然也是學術圈心照不宣的另一種「範式」。

「五四」以來，科學與民主深入人心。崇尚科學放之四海

而皆準，怕的是將崇尚科學偷換成崇尚論文。人類文明積累到今天，任何領域要做出一點點小小的發現談何容易？大多數人能做好傳承就不錯了，但發表壓力之下，大量「精緻的平庸」的論文被生產出來。全球頂級學術期刊《Nature》就曾發表過一篇論證腰圍大的女人更容易生男孩的論文，作者用一串炫目的資料加上花樣百出的圖表，讓評審專家們忘掉了生物學基本常識：生男生女由染色體決定。

更可怕的是將論文變成一種變相的控制技術。但很不幸，本來代表著人類探索未知世界勇氣與熱情的論文正逐漸被資本主義精妙地脅迫與改造，變成大工業生產線上的流水產品。論文越來越八股，引論、本論、結論，對應破題、承題、起講、入手、起股、中股、後股、束股。這是一套規訓體系，別想另搞一套，「publish or die」，誰敢不按這種套數寫作？因此，論文已經變成了一種標準化產品，它操持著典型的工業化語言，其本質是為了順應整個工業化大生產的需要，從業者必須聽話，配合流水線生產規則，主動閹割掉才情與靈氣，不能有任何反抗標準化的衝動。按照指揮棒做，就會在這個資本主義主導的學術江湖裡，獲得可觀的回報。

從這個角度看，論文已經被普遍異化了，它本為尋求真理驅逐黑暗，但現實中大多數論文寫作者卻不得不將它與生存、待遇掛鉤，變成不折不扣的干祿文字。《儒林外史》裡算得上正派的好人馬二先生說過一句無限感慨的話：「就是孔老夫子

在而今的話，也要做八股文，也要來考舉，做舉業，沿著科舉走，要不然的哪個給你官做。」套用這句話，孔子活到現在，也要寫論文，不寫論文，誰會給你職稱，誰會給你學術地位？英國文化評論家特里・伊格爾頓實在受不了本為人類精神城堡的大學不得不「屈服於全球資本主義那目中無人的優先權」，大學運行和管理的資本化、行政化和數位化導致「大量的拜占庭式的官僚主義」，「空氣中彌漫著審計和會計的話語」，此種語境下，故弄玄虛、繞來繞去的「註腳密布的文章受到政府檢查官的青睞」。在瑞秋護士長規則至上的園地裡，必須修理麥克默菲的我行我素。

對平庸論文氾濫及所謂「學術規範」的詬病不可謂不多，董橋的評說直擊要害：「又長又深的學術著作是半老的女人，非打點十二分精神不足以深解；有的當然還有點風韻，最要命是後頭還有一大串注文，不肯甘休！」他又批評：「今日學術多病，病在溫情不足。溫情藏在兩處：一在胸中，一在筆底；胸中溫情涵攝於良知之教養裡面，筆底溫情則孕育在文章的神韻之中。短了這兩道血脈，學問再博大，終究跳不出濟濟蕩蕩的虛境，合了王陽明所說：『只做得個沉空守寂，學成一個癡呆漢』」。說的都是實話，但他也惋惜金耀基不得不引用遠遠低於他本人識見者的話語，只為遷就現代學術體制的所謂規範。不這樣做，就不能在「學術共同體」獲得掌聲。連金耀基這樣的大家尚且要就範，何況他人？故而，當下全球學術研究必然

越來越匠氣化，越來越技術化，越來越八股化。「項目體」、「學位體」造就的一代學者，壓根沒有耐心讀書，更多的是在翻書與查書，為寫論文而寫論文，多平面複製自己，越做越瑣碎，甚至背離了學術研究本質。

此心安處是吾鄉

　　「澎湃新聞」反思目前的學術體制，稱，按現在課題的評審標準，錢鍾書《管錐編》是沒法獲得國家社科基金立項的，蓋因不符合通行的話語體系與研究構架，也沒法填寫申報書中的「成果的理論價值與應用價值」一欄。有人戲稱，現在只有一個學派：基金學派。如果錢鍾書先生活在當下，也不得不動用關係想盡辦法去爭課題、找關係那才叫悲哀。

　　悲觀的卡夫卡總愛講一些卡夫卡式的故事，他筆下的主人公面對的權力像一個漫無邊際的迷宮，人們永遠無法到達無窮無盡的通道盡頭。這多像我們所說的體制——一個巨大的迷宮，我們無法逃出，也無法理解。很多人經常冒出一句，沒辦法，這是體制的問題。除此之外，體制還擁有巨大的同化力量，它顯而易見的荒謬與不合理反倒讓浸染其中的個人產生深深的眷戀，一如《肖申克的救贖》的老布坐了五十年牢終獲假釋，他卻適應不了自由生活，只能自殺。獄友瑞德弄了個詞兒叫「體制化」，他說：「監獄是個奇怪的地方，一開始你恨它，後來你習慣它，再後來你不能沒有它。」

安部公房《沙丘之女》也講述了一個故事，一東京男子在捕捉昆蟲時落入村民的陷阱，被迫和一陌生女人同居。女人的家在村子對抗沙漠的最前沿，他們生活在沙坑之底，每天的工作就是清除沙子，以保證村子不被風沙吞沒。東京男子不甘心做奴隸，想逃，逃不出去，消極怠工，也無濟於事——村民只需停止供水，他就乖乖就範。有趣的是，東京男子慢慢放棄了反抗，在那個並不漂亮的鄉村女人身上居然獲得了快樂，沙丘生活由一種體制化的異己奴役變成了心甘情願的生活。他不想離開了。

罵歸罵，牢騷歸牢騷，明知道扯淡，但大家又不得不做，這就是體制的力量。人在江湖，身不由己。當年，文化研究巨匠本雅明抱著一堆著作申請教授職稱，評審委員會說不符合學術規範，注釋什麼的沒按要求排列，本雅明怕了這些過多過濫、窒息性靈的學術規範，乾脆斷了更上一層樓的念想，代價是，職稱永遠停在副教授上。名利不可兼得，狀元進士沒幾個文章傳世的，陶淵明、孟浩然、蒲松齡，體制也容不下他們，身前利沒有，身後名倒不朽。想一想，錢鍾書操著一口學術八股語言，本來可以一語道破的命題還要繞來繞去，非得把一隻小雞說成「一隻雞在它的幼齡化階段」，將是多麼可笑與無奈。

簡單問題複雜化，本土語言歐美化，這是學術體制驅使下的必然。放眼全球，資本傲立潮頭，視人為無物，力推資料與量化，一幫躁鬱的官員與管理者，以創新、改革為名，行標準

化、規格化之實，透過冗繁的表格、申報、評審，將大學改造成論文生產線，將教師的才情抱負消磨於無窮無盡的標準規範與堆積如山的故紙資料之中，淪為不折不扣的表格填寫員與泡沫製造機。

有人說，唯讀不寫最好，既讀又寫次之，最差的是只寫不讀。述而不作屬理想境界，讀而不作為最佳境界，讀書萬卷，神交古人，只為開拓生命氣象，吞吐古今，有福之人方得享受，大多數人不得不去做死於句下的學問。煮字療饑、尋章摘句不易，還要彎七拐八，把自己都搞得迷迷糊糊，這是何苦？

像《儒林外史》中王冕這樣拒絕體制化的人少得可憐，大多數人帶著點厚黑的家底與市儈的精明，希望別人當炮灰，自己盡享成功果實，他們匍匐於科舉腳下，滿腦子都是關乎自身的名利念頭，一如今天，大夥可以大罵窮極無聊的期刊分級與各類獎項，可罵完後，沒幾個人真能焚硯燒書，還是老老實實地枯坐書齋與研究室中，不由自主地堆疊、造作起來。

於是，產生了很多學院派──嫻熟理論，博引群書，動輒幾十萬字的大著，要麼寫專精的論文，輕易就可將人懾服，然此輩中人，正襟危坐，眉頭深鎖，一臉苦相，心中抑鬱難解，開口與市井無異，學問深而才情薄，他們是狹小領域裡的專家，是「單向度的人」。此心安處是吾鄉，他們自身都無法心安，如何為他人安心？又如何喚得回社會的天清地寧？

學院之外的人看學院派，差不多與專家、教授一樣，是不

折不扣的貶義詞。在大眾眼中，說好聽者，學院派曲高和寡，說難聽點，他們幾乎從事著「茴香豆」有幾種寫法的無聊事兒；在公共知識份子看來，學院派則被馴化為小心翼翼不犯錯誤的話語機器，在宏大的論述背後隱藏著追名逐利的動機，一百個教授還抵不上一個毛毛躁躁的意見領袖。

激進地選擇不合作與對抗者不是沒有，其勇氣固然可嘉，自己也落得不快活——年事越長，愈憤世酸腐，總覺老天為何獨薄於己。忤世避世，鋒芒畢露，剛直取禍，傷了自己，也累了別人。陳丹青敢講，他不是體制中人。體制內玩不得名士情調，阮籍、嵇康的代價太大。

自黃仁宇著作中引入數據化管理概念以來，官僚們對於統計與數字輕車熟路，各行各業均納入到標準化、規格化的數位表格之中，高校亦莫能外。其他學科不好說，但靠這種方法希望人文學科繁榮差不多是自欺欺人，人文學科的精品不是項目而是閒暇的產物，不是目下慣常的集體生產而是凝聚個人的心血之作。一些學者呼籲高校增加教師的基本工資收入，使他們能過上不失體面的生活從而安心從事學術生產。但體制的巨大慣性豈是說改就改了，管理者習慣了「十個蘋果十人分，應該讓有人多拿，有人沒有」的激勵機制，要改，談何容易？

那當下怎麼辦？

維也納第三心理治療學派代表人物弗蘭克在《人類對意義的追尋》裡講過一個令人動容的故事：他與一群俘虜被押送到

某地鋪鐵軌，一位俘虜提到不知道他們妻子的命運如何，這讓他想到新婚的妻子。他寫道：「人類可以經由愛而得到救贖。我瞭解到一個在這世界上一無所有的人，仍有可能在冥想他所愛的人時嘗到幸福的感覺，即使是極短暫的一刹那。」

集中營與幸福，這世上最遙遠的兩個詞語，竟然被一個囚犯用心靈電波輕易地紐結。弗蘭克提醒人們，除了創造的價值、經驗的價值外，還有態度的價值——是怨天尤人還是勇猛精進，你成為什麼人還是在你自己。把一切推諉於外在的體制環境，消極悲觀地看待一切，為自我的懈怠找藉口，實在不負責任。佛家說，一念天堂，一念地獄。每個人都是自己靈魂的雕刻師，也是自我心靈的打造者。英國人漢密爾頓對佛家最有默契：心靈是他自己的殿堂，他可以成為地獄中的天堂，也可以成為天堂中的地獄。透過同一扇窗，有人看到滿天星斗，有人看到滿地泥濘。

應該允許第三條道路的存在：不要太認真地與體制玩，也不要完全不與體制玩，與體制像談戀愛，若即若離，保持距離。學院派與非學院派也許沒有想像中那麼水火不容，聞一多初入武大，老教授不服，一個詩人兼畫家怎麼當得好文學院院長？聞一多退而治學，終成古典文學研究大家；錢鍾書有感於眾人譏笑文學教授寫不出文學作品，使才任氣，寫小說，出隨筆，不可收拾，起初還被人們稱為「楊絳的先生」，後來慢慢被人們熟知了，錢先生雖為學問大家，然向以小說家自居，蓋

因小說家是創作者，可以如上帝般創世。經過時間擇汰與淘洗，回頭來看，還是那些玩跨界的學者們的文字更耐看，更能保鮮，更有興味。

逆網路生存

一

讀碩士、博士那會，趕上了古籍數位化浪潮，一位老師口氣大得很：「我們讀的書不如錢鍾書先生多，但現在要找《管錐編》的問題，也不難。」原來當下學者有兩個大腦——人腦，還有電腦。還記得當時瘋狂找《四庫全書》《四部叢刊》《續修四庫全書》電子版的情景，《四庫全書》《四部叢刊》都有檢索版，可裝機，《續修四庫全書》、《四庫禁毀叢書》都是掃描版，得用 500G 移動硬碟裝。

後來發現出了問題，下了很多書，找了很多材料，論文寫起來也很順手，但讀書的樂趣卻沒了。有老師說，做學問的讀書方法就是這樣，你還在為樂趣與審美讀書，還在讀書的初級階段，談不上研究。乍聽有理，後一琢磨，不對，這不成為學問而學問了嗎？再一反思，論文是寫了一些，一大堆的書名加注釋擺在那，彷彿很博學，但心裡還是發怵，因為壓根就沒從頭到尾細讀過幾部書。晚明張潮《幽夢影》說：「有工夫讀書，

謂之福，有力量濟人，謂之福，有學問著述，謂之福。」如果連讀書的工夫都沒有，學問著述到底含金量幾何？一次與朋友聊天，他也說起下過那麼多的電子書，也只不過是在裡面找寫文章的論據，與其說讀，還不如說在檢索。同樣的，朋友也對汗牛充棟的資料苦不堪言，找不到絲毫讀書的樂趣，只有鬱、躁、憤、戾之氣。

攻博士之人大多還是愛讀書的。在所有關於書的表述中，博爾赫斯的表述無疑最讓人著迷：「在人類浩繁的工具中，最令人歎為觀止的無疑是書，其餘的皆為人體的延伸。諸如顯微鏡、望遠鏡是視力的延伸，電話則是語言的延伸。犁耙和刀劍是手臂的延長。而書則完全不同，它是記憶力和想像力的延伸。」但由於急於搶占學術制高點，取得話語權，很多博士繞過了火力較猛的熱門地區，轉向人跡罕至的偏僻之處，試圖在學術生產線打造出一鳴驚人的最新產品。說到底，這種做學問的方式只是想在學界出人頭地，以電子書的便捷代替了讀紙質書的長時熏修與日積月累，終歸還是在名利場裡打轉，並不能與真實生命互動，也無法安頓身心。

而且，這種做學問的方式，不知不覺，進入了比爾‧蓋茨的陷阱。比爾‧蓋茨有生之年有個最大願望，不實現這一宿願他死不瞑目：消滅紙張與書籍！按他的解釋，書籍已經是頑固地不合時代潮流的商品了。電腦螢幕具備了成功取代紙張全部功能的條件，人們當然還會閱讀，但是從螢幕上閱讀，而非書

籍與報紙。

比爾·蓋茨憧憬的世界似乎專門和老派文人過不去，科技新貴們用冷冰冰的晶片、令人作嘔的電子元件、迷宮般的電路圖砸碎傳統文化、古典詩意與濃濃鄉愁。王蒙感歎「明窗淨几、沐浴焚香的閱讀與沉吟漫步苦思正在被短促的敲擊與瞬息萬變的調出、跳出，和音像並舉的火爆所替代」。更早的時候，作家略薩就批評過比爾·蓋茨的狂妄與無知。在他看來，「一個不講文學的世界裡，愛情與快感恐怕和動物尋歡並無二致，僅僅滿足原始本能而已」。文學的傳播主要靠書籍，電腦螢幕也可以傳播文學，但主要傳播劣質文學而非優質文學。

王蒙與略薩的話都沒錯。但世界卻並沒有進入他們的預設軌道而不折不扣地闖進了比爾·蓋茨模式。

在雲計算與大數據潮流裡，文學、紙質書籍首當其衝，出版社空前蕭條，讀者都跑向電腦去了。網路以勝利者的姿態宣布了十大「死活讀不下去的名著」。天啦，第一部居然是《紅樓夢》！如今沉重的大部頭經典顯然是不受歡迎的。網路時代，人們習慣了「淺閱讀」「快閱讀」「碎片化閱讀」還有「讀圖」，「理想之書」似乎應該通俗短小、輕鬆俏皮。這個浮躁時代正消解著閱讀的嚴肅意義，使其徹底淪為一種娛樂化的消遣。文學還活著，不過改頭換面了，是在起點中文網、紅袖添香、榕樹下這些比特空間，大量寫手在寫著訴諸於感官刺激與驚悚情節的文字。人們也還是閱讀，讀電腦，讀手機……不僅

如此，報紙與雜誌也被列出了死亡時間表，二〇一〇年《華盛頓郵報》子刊《新聞週刊》僅以一美元的象徵性價格出售，二〇一二年十二月，它發行完最後一期紙媒，全面轉向數位化。二〇一一年，九十高齡、全美發行量最大的雜誌《讀者文摘》也待價而沽——似乎，這個世界已不關紙張什麼事兒了。

二

　　二十世紀五〇年代，弗洛姆就察覺到現代文化一種可怕的品質：它分散注意力和反對培養集中的能力。現代文化使人們喪失了獨處的能力，沒有獨處的能力，也便失去了心靈的成長空間與自我提升的可能。人們很難專心做一件事：專心聽音樂、看書、談話或欣賞圖畫。網路時代更加重了這種危機，移動互聯網更使這種危機登峰造極。

　　飯可不吃，覺可不睡，不能一時一刻沒手機，等車、吃飯、排隊、上課、開會，幾乎每人一聯網手機，眼睛盯著螢幕，旁若無人，旁若無物，整個世界都在手掌心了。此類人士，堪稱網奴，他們每天第一要緊之事是更新微信、facebook、myspace、twitter、博客、微博這些社交媒體。許多人在現實世界與家人朋友幾乎無話可說，犯的是現實交往恐懼症，可在虛擬網路卻呼朋喚友，異常活躍。又有專家稱，中國人平均每天刷手機屏一百五十次，這就是電子時尚生活。

　　流傳甚廣的印度工程師文章《令人憂慮：不閱讀的中國人》

講：我知道中國人並不是不讀，很多年輕人幾乎是每十分鐘就刷一次微博或微信，從中獲取有用的資訊。但微博和微信的太過流行也讓我擔心，它們會不會塑造出只能閱讀片段資訊、只會使用網路語言的下一代？事實上，還有比這更嚴重的問題——幾點睡覺幾點吃飯，吃的什麼，喝的什麼，事無巨細，時時刻刻都貼在 social media 上有什麼意義？至於一些雞鳴狗盜、偷情外遇的個人隱私也天天貼在網上，賺幾條評論和點讚，說明現代人精神到底有多麼空虛，生活多麼無聊？難道只有虛擬世界虛擬的喧囂熱鬧和人氣才讓他們有存在感？

看來，這世界真需要有幾個守舊的人。

果然，就真有了一個獨自挑戰美國八千七百多萬青年人的守舊人——馬克‧鮑爾萊因。他單槍匹馬，像極了駕著駑駘難得的瘦削的唐吉訶德，他毫不客氣地稱美國年輕人為「最愚蠢的一代」。年輕人把時間都花在了社交網站、即時通訊軟體和手機短信上，年輕人最常去的十個網站中，九個是社交網站，到底是這個時代太喧囂了，還是人們太寂寞？

馬克‧鮑爾萊因嚴肅地告誡青年們：書本扮演的是一種精神性的角色。讀書為什麼重要？因為讀書首先訓練你的記憶力。當你閱讀一段比較長的文字時，你必須記住一部分內容，才能繼續讀下面的內容。網上那些短小快速的文本，不可能像書本那樣鍛煉你的記憶力。其次，讀書鍛煉你的想像力。沒有圖像，沒有視頻，你必須在自己的頭腦中想像這些角色的形

此心安處是吾鄉

象。最重要的是，就知識而言，書本仍然是第一媒介。如果不讀書，你有什麼可以作為替代的呢？哲學、政治、小說，你必須通過讀書才能消化。馬克思的思想，除了厚厚的書本，你還能從哪裡學習呢？這就像中國人學武術一樣，如果要達到某種境界，必須從蹲馬步開始，沒有捷徑可尋。

當年，胡適之對張愛玲說：「你要看書可以到哥倫比亞圖書館去，那兒書很多。」聽著這話彷彿聞得到書香，要是胡博士說「你要看書可以找電腦，那裡頭書很多」，真不知是一種什麼味道。

三

有人會覺得這是杞人憂天。人們是不是故意誇大了紙質書的作用？書籍的出現只是人類長河中的偶然事件。在古登堡之前，人類不一樣在地球上生活還過得好好的？現代人都嚮往古希臘時代，在這個人類的童年時代，沒有書籍沒有文學，學校裡最重要的目標是培養完美的體格與健碩的身材，然後在奧林匹克運動會上，一絲不掛地將人體美展示給觀眾。他們也不講什麼關乎靈魂的愛戀，只知道人生最大的快樂便是享受聲色之娛，有好色的宙斯的這個神界榜樣，通姦、亂倫在古希臘是家常便飯，西方人心中的愛神維娜斯，可以媲美中國的潘金蓮，可她還不是照樣成為人們敬仰的愛神？

沒有書籍，古希臘不還是聲聲令人嚮往？

又有人說，技術是人類發展的原動力，紙質書必然要被介面越來越友好的電子書取代。面臨 kindle 這樣極大還原紙書閱讀體驗的電子書，紙質書必然還會大幅下挫。不能想像，需要「含英咀華」「沉潛把玩」的經典可以用 kindle 讀嗎？經典閱讀，可是「一棒一條痕，一摑一掌血」，「直要抖擻精神，如救火治病然，如撐上水船，一篙不可放緩」，再友好的電子介面能讓人精力如此集中嗎？

理論上說，螢幕面前人人平等、事事平等、物物平等。不過，螢幕天然屬於視聽媒體，它以圖像為主要語言，必然排斥書面語言。在電視螢幕面前，我們見證了浸潤著中華民族幾千年文化血脈的戲曲被打入冷宮。電視是送給文化素質不高受眾的最好禮物，而戲曲的欣賞有一個門檻，文化與美學的門檻，觀眾們通過遙控器投票，活活把國粹操縱得有氣無力。電腦曾讓人看到文化民主化與個性化的希望，賦予它制衡電視螢幕的光榮使命，多少年過去了，當我們回首時，卻發現網路上最紅的，卻是莫名其妙的惡搞，「芙蓉姐姐」「貞操女神」的炒作，無厘頭的暴民狂歡，以及泥沙俱下的「草泥馬」「高富帥」「屌絲」等語言垃圾。而手機屏，無論是 3G 還是 4G，都不過是電腦屏的延伸。

我們悲哀地看到讀屏時代的悖論，人們對資訊的獲取，不是通過語言文字而是通過身體與其器官，這可能導致人類重回本能與原欲的蒙昧時代，將幾千年的人文傳統毀於一旦。讀屏

讓人放鬆警惕，因為它以高科技為承載形式。可喜的是，人類越來越簡單了，單純得像古希臘人，沉迷感官與享樂；可悲的是，頭腦萎縮與靈魂乾癟不可避免，當我們放逐了書籍，白癡時代與低智商社會也許就要降臨。

這種擔憂不止我一個人有，前倫敦市長伯里斯·詹森就專門撰文捍衛紙張的價值：「如果你們停掉這個以油墨與紙漿為載體、承載著歷史的印刷版報紙，那將是一場國家災難。你不可能用線上的方式還原新聞紙上的內容，互聯網上充斥著色情與廢話，我們需要在書報亭裡看到智慧，我們需要在地鐵裡拿著報紙沉思。」

四

面對席捲一切的網路時代，陳平原友善地提醒人們，人文學（文學、史學、哲學、宗教、倫理、藝術等）乃整個人類文明的壓艙石。不隨風飄蕩，也不一定「與時俱進」，對於各種時尚、潮流起糾偏作用，保證這艘大船不會因某個時代某些英雄人物的一時興起胡作非為而徹底傾覆。在各種新知識、新技術、新生活不斷湧現的時代，請記得對於「傳統」保持敬意。

雨久藏書蠹，風高老屋斜。老派人還是應該做點老派的事，一盞清茶，憑軒臨風，關掉電腦與手機，拒絕一些潮流，抵抗一些時尚，分辨一些謊言（比如：140字的限制將平民與莎士比亞拉在同一水平線上），拿一本發黃的舊書，欣然忘

言，根本不管網路時代的狂風，它吹不爛一顆篤定的心。

把讀書視作「心靈美容」與「文化桑拿」，炫耀閱讀多，知識變成裝飾品，讀書變成賣弄的資本，反倒淺薄了。紙質閱讀的意義只在於，讓你忘記周圍的世界，與作者一起在另外一個世界裡快樂、悲傷、憤怒、平和。生活讓人疲倦，我們都需要有短暫的「關機」時間，讓自己只與自己相處，閱讀，思考，發呆，狂想，把靈魂解放出來，再整理好重新放回心裡。它是一段段無可替代的完整的生命體驗，不是那些碎片的訊息和誇張的視頻可以取代的。

如今，新一輪的讀書無用論盛行，媒體連篇累牘地報導沒有多少文化的創富英雄，將念書的碩士博士們置於悲情的弱勢地位。被成功學折磨得心力交瘁的年輕人們，目睹一輪輪的財富神話，不知如何安頓身心。現實太殘酷了，社會流行狼性法則，競爭，競爭，競爭，要麼成功，要麼失敗。他們要做生活中的強者，要以女強人王熙鳳為榜樣。

臺大歐麗娟教授以薛寶釵一句話 ──「學問中便是正事」──為例，分析王熙鳳與探春的區別，說得真好。不可否認，王熙鳳為「女曹操」，決斷、識人、權術、手腕均屬一流，但沒讀過書，再強的能力也只不過在一般人性層次上面表現出某種獨特的氣質。與探春相比，她缺乏的是自我的高度昇華與全方位的自我實踐，她的生命只是停留在天賦與人性的本能裡，不可能把自我提升到另外一個層次。因此，王熙鳳不可避

免地流於庸俗、市儈、淺薄。

　　探春不同，她愛讀書，自我的豐富層次被充分開發出來，她能不被眼前表相所蒙蔽，擁有看待事物的穿透力與決斷力。她知道落花水面皆文章，有學問提著，她會看到王熙鳳看不到的層次，更幽微，更深刻，更關鍵，更根本。讀書識字的重要性就顯現出來了。

　　香菱縱使國色天香，沒學詩之前，也是一塊混沌的璞玉，讀書學詩後，她打破了舊我，開啟出新的自我可能性，內在豐富的層次被發掘出來，才擁有了鍾靈毓秀的表現。從這個意義上說，讀書真的是為了遇到一個更好的自我。

道藝交參：
寫字時我們到底在寫什麼

　　還在春節，教育部網站公布了《中小學書法教育指導綱要》，從今年春季開學開始，書法教育將納入中小學教學體系，學生將分年齡、分階段修習硬筆和毛筆書法。

　　記得當年也規定過將信息技術納入教學體系，以縮小與發達國家的數位鴻溝。當年，吹五筆字型如何迅捷，是世界上最快的輸入法，還將王碼吹成解決漢字資訊化的關鍵技術，如何打破外國人的偏見，使古老文明重獲生機。百餘年來，我們總有一種弱國心態與被虐傾向，落後就要挨打迴響在國人心頭，匯成激動人心鼓舞士氣的命運交響曲，亦步亦趨地學西方成為時代洪流，喪失了起碼的文化自信與自尊，凡是古老的傳統的就被貼上落後的標籤，戲曲如此，書法也不例外。

　　九〇年代，我們被告知，要三會，會說話——講英語，會走路——開車，會寫字——電腦。在電腦與手寫之間，隱含著近三十年的主旋律：效率，速度；還有列寧的一句話：時間就是金錢。

　　回過頭看，這些不過是科學時代開出的美麗承諾，終究都

是虛妄騙人的把戲。英語不過是個工具，華人的「芯」還在唐詩宋詞元曲那兒，還在屈宋李杜韓孟蘇黃那兒，這些安頓靈魂的文字翻成英文就如放餿了餃子，怎麼都不是個味兒——翻譯是對原著的二次謀害；遍地汽車終於迎來汽車社會，結果變成了霧霾鎖國，「現代化陷阱」真實呈現在每個人面前，棄筆上機則使全民幾乎喪失了書寫記憶，提筆就忘字。徐遲是我國老年作家中最早使用電腦寫作的人，這位寫《哥德巴赫猜想》聞名的作家真能與時俱進，心中定有某種科學情結，但電腦並沒有緩解他的苦悶，他自殺了。他去世後，鍵盤上仍有他的親筆題字：「請先洗手，再接觸鍵盤。」

節間，街頭閒逛，有心欣賞門楣上對聯所展示的書法藝術，可放眼望去，全是機器印刷出來的楹聯，前幾年街頭尚有人現場寫對聯賣，現在也絕跡了。年的味道被電腦全面入侵，機械複製代替了握筆書寫的慎重端正，真真興味索然。

中國人不僅要學會效率與速度，還應學會慢節奏慢生活，要不然，要效率速度何用？電腦打字當然快，但總少了些什麼，少什麼呢？臺灣美學家蔣勳說過一段話，好極了：「漢字書法之美，不僅在指腕之間，而且是呼吸，是養生，是身體的運動，是性情的表達，是做人處事的學習，是安定保佑的力量，最終成為與自己相處最真實的儀式。」

想想幼時習字，實有深意，但「日用而不自知」，書事本雅，合於道途，一則因手摹心研之際，放空自己，克服了自我

習氣，能達虛室生白之效；二則因寫字之時，屏氣凝神，心無雜念，合了莊禪抱樸守真之念，通於物我兩忘的境界，又合了儒家養心養生之效。

　　古人習書，重在修身養性。「心正則筆正」，稟陰陽而動靜，體萬物而成形。毛筆書法的字裡行間，分明是一種古老文化的鄉愁，分明是逝去的閒逸、恬淡和從容──「從前的日色變得慢／車、馬、郵件都慢／一生只夠愛一個人」，我們依舊生活在四季流轉的節序裡，指針滴答，節律不變，不過，人們已經沒有昔日那暮鼓晨鐘的節奏。變奏太快，歲月倉皇，回望「一管在握，萬念俱銷」的歲月，在白紙黑墨之間揮毫落紙，雖不能說筆底生花，但在潛移默化中性靈也得以陶冶和昇華，不知不覺中，進入不以物喜不以己悲的境界，領略到美的氣息，為生活平添不少樂趣。不知從什麼時間起，那種閒逸不見了，交通的便捷、科學的發達、通訊的高效節約了不少時間，可是這些擠出的時間我們又還給了機器：手機。

　　我真心佩服那些在科技狂潮面前處事淡定泰然自若的人士，拒絕電腦排斥網路不用手機，似乎時間倒流了，他們守住了文人最後的貞節，避免了整體上的心靈淪陷。時代太新太冷了，還是需要有一些甘於守舊的人，在陽光透過白紗的南窗，端坐品茗，潔口淨心，捧一本書，拿起毛筆，醮上研好的新墨，展開宣紙，為電子文明的霸道無理奏一曲輓歌，也為古老的人文傳統舉行一場升旗儀式。

中國作家群裡，王小鷹為「擴軍備戰」，買了一百萬字的空白方格稿紙，以創作新的長篇小說。葉永烈曾問她：為什麼不用電腦寫作？她說：已習慣手寫，且還習慣用蘸水鋼筆。這可是十八、十九世紀作家寫作習慣，而王小鷹是堅決不向電腦投降的一個。這也給作家能留下手稿帶來一線希望：作家手稿不至於全軍覆沒。想想，有一天文物市場與網上沒有作家手稿拍賣，是不是又少了一場文化的風景線？我們不可能拍賣藏有作家文稿的 U 盤與硬碟吧，那些東西一拷貝就是，誰買？

遙想當年陳獨秀身陷囹圄，上自何應欽下到普通獄警排起隊來找他求字，政治觀點的相左並不影響大家對他書法技藝的欣賞。曾見其手書真跡：「白髮羞見新世界，烏衣猶是舊樓臺」，清秀雋逸，比他又硬又臭的性格溫柔多了。潘天壽「文革」時寫檢查，貼出，第二天就被人分塊盜走了，沒辦法，字寫得太好。這樣的雅事談起來都令人口齒生香。

這次教育部的綱要還推薦了一批臨摹範本和欣賞作品，王羲之、顏真卿、趙孟頫不用說了，史上自有定評。現代書法大家裡，吳昌碩、于右任、魯迅、沈尹默、郭沫若、毛潤之、林散之、沙孟海、啟功等作品屬欣賞作品。這些自然也好，但總覺得有遺珠之憾：為什麼沒有推薦沈從文？

世人評價沈從文書法，較沈尹默、謝無量、林散之、高二適、王蘧常等一流書家，確實有差距，但有實力與鄭誦先、潘伯鷹、馬公愚、吳玉如等媲美。較之魯迅、郭沫若則難分伯

仲。荒蕪曾作詩讚沈從文書法：「對客揮毫小小齋，風流章草自新裁；可憐一管七分筆，寫出蘭亭醉意來。」行家評價，並非過譽。

有時候事情真說不清。二○○○年末，中國書法界評出「二十世紀中國十大傑出書法家」，郭沫若名列其中，而一代名手謝無量、高二適、胡小石皆未遇玄鑑。沈從文則連候選陣容都無緣沾邊。和他文學作品被「消聲」幾十年一樣，他的書法也長期被低估，時邪？運邪？命邪？

也許是我在杞人憂天，沈從文這樣的大家，早已看破名利歧途，寫字只以養性為旨，根本就無意苦爭春了。

不沾不滯，最是文人敬魯達

一

　　遙想春秋戰國，士人何等意氣風發。天下大一統之後，讀書人的好日子便到了頭。始皇焚書坑儒，殺人雖不多，殺了雞卻嚇住了猴，文人們收斂了。

　　討厭知識份子擺事實、講道理的，除了始皇，除了霸王，還有高祖劉邦。

　　劉邦平生厭惡酸溜溜的文人，動輒拿儒生的帽子撒點尿，羞辱羞辱知識份子。當年在陳留縣高陽那小地方，酈食其穿一襲儒服，想拜謁沛公，聞沛公不見儒生，六十多歲的酈食其，手按寶劍，兩眼怒瞪，厲聲呵斥使者：「吾高陽酒徒也，非儒人也。」一為文人，便不足觀，你橫，我比你更橫。這一來，氣場上壓倒了一身痞氣的劉邦。秀才遇到兵，吃虧的總是秀才，中國人向以污辱讀書人為樂，探春搧向王善保家的那一巴掌讓人解氣，只因為平時寫詩賞花玩高雅的小姐們，哪一個敢在暴力面前說半個不字，林黛玉縱是一張刀子嘴，面對搜檢大

觀園的大小悍奴，可有過半點反抗？

　　路遇劍客須呈劍，不是詩人不獻詩。三國中，魅力四射燭照古今的男神，非曹操莫屬。玩品味，給你來點銅雀臺，玩純情，給你來點「青青子衿，悠悠我心。但為君故，沉吟至今」；玩理想，給你來點「日月之行，若出其中。星漢燦爛，若出其裡」，玩厚黑，給你來點「寧教我負天下人，不教天下人負我」，綜合素質之高，實為三國諸雄之冠。

　　文明教化、理想襟懷固然重要，可遇上了不講理的主兒，饒是辯才無礙，三寸不爛舌勝過多少毛瑟槍也不管用，管用的還是鬥狠，當一回拼命三郎。

　　卻說孔子有位弟子，名喚公良孺，雖不在頂尖高手之列，但也高大力壯，勝似子路。更可貴的是，他備五車跟隨孔子。孔子由陳往衛，經過蒲邑，恰逢公叔氏占蒲叛亂，擋住孔門師徒不讓過。此時，公良孺挺身亮劍：「想我追隨老師多年，上次匡地遇險，這次蒲地又遇難，看來，這都是命中安排，我不下地獄誰下地獄。」說罷，縱身一躍，便拔劍與蒲人決鬥，一時刀光劍影，火星四濺，遇到不怕死的，蒲人也不敢真拼，態度遂鬆軟下來。

　　後世的儒人，號稱孔門後學，卻沒活學夫子的思想。夫子之學，重在經世致用，不死於章句，這些人實在壞了孔子的江湖名聲。

　　孔子多有生命氣象，老人家身高一米九，五十老幾還可以

周遊列國十四年，這要何等體魄，何等毅力，豈是期期艾艾、怨天尤人的寒儒所能為？這一路江湖一路歌，既有引吭高歌，也有彈劍而歌，這氣魄，這情調，不像屈原道阻途窮形容枯槁，也不像賈誼憂讒畏譏鬱憤難伸，孔子是千帆過盡後的雲淡風輕。他沒有拔劍四顧心茫然，沒有大道如青天我獨不得出，有的，只是把握生命的當下：「發憤忘食，樂以忘憂，不知老之將至。」富貴浮雲，名利虛空，到底不能為了這些東西，透支今天的幸福。孔子那口氣，清朗通透、跌宕自喜，這多像後世禪者所說的——當下安然。

二

知識份子惹人厭，究其因：一曰虛偽，心頭溝溝坎坎多，說話吞吞吐吐，做事猥瑣不堪；二曰生命委頓，神不清氣不朗。對此，《儒林外史》與《圍城》有過精妙的刻畫。

後人點評水滸，愛的是魯達、武松這一路粗人，髒水都潑到了宋江、吳用這些人身上。文人相輕，瞧不起宋江、吳用這些初通文墨之輩，至於白衣秀士王倫，林沖殺他之前，已把他貶得一錢不值。

文人知道文人的軟肋，讀書讀得沒了原始的野性與活力，遂把希望寄託在生命力蓬勃的綠林英雄上，吃肉喝酒，元氣淋漓。明人李卓吾，在容與堂本《水滸傳》評魯智深為「仁人、智人、勇人、聖人、神人、菩薩、羅漢、佛」，好話說了一籮

筐，就連魯達大鬧五臺山，隨地大小便，打上山門，壞了廟宇，毀了佛像，強迫和尚開葷吃肉這些劣行，他也不吝讚美，顯然是愛屋及烏：「此回文字分明是個成佛作祖圖。若是那般閉眼合掌的和尚，絕無成佛之理，外面盡好看，佛性反無一些，如魯智深吃酒打人，無所不為，無所不做，佛性反是完全的，所以到底成了正果。」

魯達的好，在於率性而為，不拘小節，不瞻前顧後，算一計十。路遇史進，即說「多聞你名字，你且與我上街去吃杯酒」，哪裡在乎吃虧不吃虧；聽說金翠蓮被欺，馬上掏出銀子，哪管工資多少，划算不划算；打死鄭屠，哪管什麼提轄做得成做不成；救林沖，哪管什麼高太尉報復不報復；桃花山行竊，哪管什麼江湖上名聲不名聲；史進被擒，立馬前去解救，哪管什麼敵眾我寡；追殺夏侯成、活捉方臘成就大功，哪管什麼功名利祿……宋江勸其還俗，他只一句「洒家心已成灰，不願為官，只圖尋個淨了去處，安身立命足矣」。果然是這樣一個毫無心機的魯達，最後卻得了生死自在，大字不識一個的粗人，死前卻靈光乍現，吟出一充滿智慧的偈子：「平生不修善果，只愛殺人放火。忽地頓開金枷，這裡扯斷玉鎖。咦，錢塘江上潮信來，今日方知我是我。」

明代詩人曹學佺有言：仗義每多屠狗輩，負心多是讀書人。這一語點了讀書人的死穴。指望滿嘴仁義道德、滿肚子詩書的讀書人在落難時幫襯一把，雪中送點炭，十有八九要失

望，他們不落井下石，再踩你幾腳就不錯了。多少甜言蜜語，海誓山盟後來只剩下負心薄倖、移情別戀。多少義正辭嚴之輩，行事不如狗彘。倒是民間不起眼的角色，不懂什麼結果正義與程式正義，不懂什麼沉默的大多數與多數人的暴政，看似粗魯無知，實則情志滿滿，與陰鷙陰翳陰毒陰晦無緣，他們看似無情、吊兒郎當，實則意氣揚揚、真力彌滿。

這意氣揚揚、真力彌滿，卻得了佛家的精髓——不執。不拖泥帶水，不囉哩囉唆，無人，無我，無法。

難怪五臺山智真長老斷言，我這般弟子，都不能證得智深的境界。

文人敬魯達，敬他的無心而為。中國人的世界裡，無心為最高境界。「天地無心以成化，人無心以體道，藝無心而臻於道。」《蘭亭序》《祭姪文稿》《寒食帖》的好，好在王羲之、顏真卿、蘇東坡寫字時，根本沒有書法創作這個念頭。一旦閃過「創作」這一念頭，則落入下乘了。

魯達由提轄到無處安身，實則因為一路做護花使者。他身上的三件事，都是婦女身上起。第一為了金老女兒，做了和尚，第二既做和尚，又為劉老女兒，第三為了林沖娘子，和尚都做不得。妙在魯達壓根不知自己做了護花使者，要知道，有意為之，就變味了。

魯達一路遇強便打，遇弱便扶，殺人見血，救人救徹。他有俠骨，沒柔腸。

三

魯達總讓人想起古希臘人。他們都率性而為，少有心機與算計，他們的人生觀都可用一個詞概括：快活。

細思之，兩者還是略有區別，魯達的快活是瀟灑快活，而古希臘人的快活是風流快活。

魯智深外號花和尚，民間的說法，花和尚酒色財氣都會沾，《水滸傳》裡的魯達除了色，其它幾項也算全能，很明顯，這裡有「把關人」的審查與過濾。

把關人再厲害，也有刪得不徹底的時候，就像《紅樓夢》第十三回，後人還是根據處理過的文字，得出了一幅賈珍與秦可卿亂倫的情色拼圖。花和尚的故事，表面與女色不沾邊，但有時便出現一點點小破綻。卻說，魯達逃到了雁門縣，遇到了當時救過的女子金翠蓮，金已作了趙員外的外室。魯達看那女子時，另是一般丰韻，比前不同。但見：金釵斜插，掩映烏雲；翠袖巧裁，輕籠瑞雪。櫻桃口淺暈微紅，春筍手半舒嫩玉……有那麼一點意思了。

不知是作者不知道收斂，還是露了馬腳，絕情谷底的魯達不小心暴露了心底的秘密，他對異性的美還是懂得的。不過，作者顯然不想讓魯達與異性有情感的糾葛，馬上又止住了筆，保住了魯達的名節。

與魯達相比，古希臘人的道德考核完全不及格。希臘人眼

中，人生最大的幸福莫過於享樂，其中，包括性愛。古希臘神祇，最高領袖為好色淫亂的宙斯，在他的率領下，以通姦、亂倫為特色的神界性愛就成了希臘人的楷模。這些天神們認為，生活中沒有性愛，是不幸福的。有了宙斯這個榜樣，人間就盡是通姦亂倫之事，許多城邦雖有通姦罪，但在實際中很少認真執行。

征服歐亞大陸的亞歷山大大帝，一次讓畫家阿佩萊斯給他的妍婦畫像，誰知畫家職業倫理修煉不夠，面對如此佳麗，他實在做不到心如止水，不僅做不到，還愛上了這位美人。這事擱在中國，皇帝老兒早把畫家咔嚓掉了。但亞歷山大愣是善解人意，一樂之下，把美人當禮物賜予阿佩萊斯。

希臘人愛美，把一切的道德問題與倫理問題，不知不覺處理成美學問題。

愛美之心，人皆有之，這便是他們通行的法則。在這一點上，魯達倒成了禮法之士，古希臘人更接近「越名教任自然」的魏晉風度。

和魯達一樣不懂憐香惜玉的，還有李逵。那天，宋江、李逵、張順幾人在一起喝酒，李逵講著江湖上好漢的勾當，突然走進一個十五六歲的賣唱女子，頓開喉嚨便唱，哪知李逵不解風情，覺得女子攪了江湖豪俠的聚會氛圍，伸出兩個手指頭摁在女孩額頭上，那女孩頓時倒在地上……

一九九八年內地版《水滸傳》，導演來了點小解構，不知

情為何物的李逵，目送方臘手下一名女頭領離開，含情脈脈，溫情無限，直到「孤帆遠影碧空盡，唯見長江天際流」，專家一片吐槽，這哪是施耐庵筆下的李逵？我卻覺得好，好在，李逵摘下了面具，露出的，分明是一張古希臘式輪廓分明的臉。

與蔣勳覿面相見

一

　　近年，大陸不斷推出臺灣文化人蔣勳的著作，伴隨著網上大量的演講視頻，蔣勳逐漸走進了大眾視野。他講《紅樓夢》，說孤獨，談漢字，品生活，在大陸掀起一陣陣美學風暴。名之所至，謗亦隨之，二〇一二年，有論者連發兩文，指出蔣勳寫作中的不嚴謹及眾多硬傷，並用「忽悠」一詞概括蔣勳作品在讀者中的影響，稱蔣著為「中文世界裡的三聚氰胺或者塑化劑」。

　　蔣勳是多面手，他做過電臺主持人，寫過小說，辦過畫展，留過洋，當過大學系主任，做過文學期刊社長。在眾多的技藝與才能中，他最擅長演講，無論是做電臺節目「美的沉思」，還是開設私家講堂講《紅樓夢》，他的音調、語氣、內容都堪稱完美，加上豐富的人生歷練、良好的美學素養，足以令廣大聽眾迷上他的演講。

　　蔣勳的著作很多由演講結集而成，演講時戲說的成分可以

活躍氣氛，但變成白紙黑字，就得仔細審讀與考訂。其間，確實可以看到出版界急於搭乘文化快車，以致把關不嚴甚至粗製濫造的現象，論者特別指出的《美，看不見的競爭力》即為顯例，這是時代浮躁病的典型表現。

若拋開這些不論，蔣勳能被廣大讀者認可，還是有其道理。僅以細讀《紅樓夢》為例，蔣勳便做了一件非常有價值的工作。他說：「美之於自己，就像是一種信仰一樣，而我用布道的心情傳播對美的感動。」這番話暗合蔡元培「以美育代替宗教」的理想，相比大陸眾多吃曹雪芹的紅學家拋出種種石破天驚的觀點以吸引眼球，或急切地宣稱有重大發現，蔣勳是立足於將《紅樓夢》還原為一個文學讀本，他以一個讀過幾十遍《紅樓夢》的過來人身份與讀者分享閱讀的體驗與感動。他的美學布道重拾注重直觀與感悟的文學欣賞傳統，並從人性的、文學的角度挖掘《紅樓夢》獨特的人文內涵，還原《紅樓夢》真正的文學內蘊，從而揭示出這部文學巨著非凡的魅力。當下是重理性、重實證、重體系的現代批評話語一統天下的時代，感悟式與意象式批評被棄在現代學術大門之外。但比之求真與正確，美：善、悲憫、愛、詩意、情趣仍然是文學中更重要的內容。從這個角度說，蔣勳立足於將《紅樓夢》還原為文學，從美學角度探研《紅樓夢》魅力，確實能讓讀者耳目一新。

蔣勳的解讀能力無可置疑，這也是為什麼一些資深的紅學迷愛聽他講《紅樓夢》的原因。散文家張宗子曾說過一段話：

「一個喜歡讀書的人，如果只是為了獵奇，那麼，無論他讀過多少書，知道多少掌故，具有多麼深厚的知識，都是微不足道的。讀書還必須向另一個方向開拓：讀常見書，讀歷代的偉大經典。一方面，通過歲月的積累，對經典的解讀已成為經典的一部分，因此經典是一個活物，在不斷增長和變化。另一方面，經典中確實有契合每一個讀者的東西，等待那一個特定的讀者來發現。這是經典的宿命。」閱讀體驗是一個很個人化的東西，從來不會有一種言論能定於一鼎而讓眾人啞口，當然，道人所未道，發人所未發，特別是令人恍然大悟的言論，具有極大的價值。由於蔣勳自己也寫小說，因此評起《紅樓夢》，頗類於張愛玲的火眼金睛，獨到發現著實不少。比如：「情和欲只是個人生命在高貴與沉淪方面的不同發展，這兩極的東西並不是那麼容易判斷」，「《紅樓夢》一部書不過就在做這件事——把他的一生所有記憶裡面有情緣的人做最後一次的掩埋。小說是用文字掩埋，可在這裡是用泥土掩埋」，「這個畫面是青春美好的記憶，是一個十幾歲的女孩子，在花裡面睡著了，花瓣落滿一身的那種美和快樂。到某一個年齡之後，你可能不一定會懂得青春裡面這樣的畫面的美」。

　　蔣勳曾說：「我是把《紅樓夢》當佛經來讀的，因為裡面處處都是慈悲，也處處都是覺悟。」這是蔣勳與大陸紅學家們的最大不同。揚黛抑釵幾乎成為普遍的社會心理，但蔣勳看到青春可貴的和解，看到人與人之間相互的讚美與隨喜。至於那

麼多看起來下賤、卑微甚至齷齪的生命存在，薛蟠、賈瑞、趙姨娘、馬道婆等，蔣勳以為，如果只是片面地將薛蟠理解成一個下賤的紈絝無賴，把賈瑞對鳳姐的單純到不知如何是好的愛理解成淫賤，那就無法體會到《紅樓夢》的真諦，這些生命如此真實，值得我們去同情、理解。每一個生命都值得我們去包容與祝福，從這些不完美甚至卑賤的生命上看到什麼，也是讀者內心的真實反映，即是所謂仁者見仁，色者見色。《紅樓夢》是一面鏡子，照見的是讀者自己。

　　蔣勳讀《紅樓夢》，讀到了他自己。這一點很重要。

二

　　自從傳媒作為一種強勢話語介入學院派知識份子的生活後，學者們再難保持淡定從容的心態，表現之一便是學會了使用傳媒慣用的聳動語言，失卻了學術討論的心平氣和和客觀冷靜。面對犀利尖銳的評語，蔣勳選擇了唾面自乾。明代《永嘉大師證道歌》有云：「從他謗，任他非，把火燒天徒自疲。我聞卻似飲甘露，銷融頓入不思議。」張秉全居士如此解說：見性之人，其心安然，不為順逆境界所轉，一任人毀辱於我而不辯白。故云「從他謗，任他非」也。即不辯白，不受惡言，謗言還歸謗者自己。譬如有人，手執火炬，擬欲燒天，徒自疲困耳！故云「把火自燒徒自疲也」。臺灣知識界有禪修傳統，蔣勳對佛經了熟於心，也明佛理，這個道理他懂。

近十年來，在國學研究領域，兩岸差距正在逐步縮小，更樂觀的說法是，已呈現出全面超越的態勢。另一方面，對於社會大眾來說，他們青睞的仍是臺灣學者，比如傅佩榮、蔣勳。有學者在訪談中也提到這一值得關注的現象：大陸讀者盲目崇拜港臺作家。在我看來，與其說讀者盲目，毋寧說是他們的自主選擇，儘管臺灣學者的學術水準不見得高於大陸，但他們提供了別樣的生活向度，可以讓讀者來一次文化還鄉。

粗略地說，大陸學者更多的是把學術當成一份職業，在專業領域細細爬梳，這對於推進學術發展與學術增值固然功不可沒，但體制化、專案化、課題化的生存方式與讀書本意已經產生了很大背離。在中國的人文傳統裡，讀書只為心靈的茁壯成長與健康發育，一旦與生存掛鉤，便不足觀。相反，臺灣學人還保存著那份書香襟懷、山川心胸，他們尚能閒閒逸逸，自在愜意，可謂「精神到處文章老，學問深時意氣平」。學問關涉無窮，有所通則有所蔽，詳於此或忽於彼，本很正常。故負才任氣儘管可愛，總少了些溫潤通脫。

伍爾芙在《普通讀者》裡說過一句話：讀書是為了自己高興，而不是為了向別人傳授知識，也不是為了糾正別人的看法。蔣勳的意義，並不在於他能縝密地考據《紅樓夢》版本和箇中真相，給美一個標準答案，反而是因為他能恰當地從以往考據解讀的立場中跳脫出來，以挨近生活的性情姿態去解讀它。總聽人說要詩意地棲居，還有人標榜陶潛與蘇東坡的藝術

人生，閱讀到底是功利的還是審美的？人生到底是功利化的還是審美化的？文學閱讀的意義何在？人生的目的何在？也許因為幾乎所有人的人生都是庸常的，我們才需要審美與詩意，文學才會提供一個做白日夢的機會，我們才會欣賞那些活出了人生精彩、為我們提供心靈出走良機的人物、故事與文字。晚明張岱《自為墓誌銘》云：「好精舍，好美婢，好孌童，好鮮衣，好美食，好駿馬，好華燈，好煙火，好梨園，好鼓吹，好古董，好花鳥，兼以茶淫橘虐，**書蠹詩魔**。」蔣勳出入多種藝術門類與其有相似之處。從這個角度說，蔣勳占了個大便宜，他保持著傳統文人體悟式的閱讀，呈現出閒散唯美的人生態度，當讀者閱讀蔣勳，實際上意欲勾起在濁世凡塵裡失落的詩意幻想與文化鄉愁。

　　閱讀或為消閒或為學術，但讀書真正樂趣卻不在做學術，而在趣味。E 考據時代，獲取資料異常方便，寫寫學術流水帳並非難事，難的是寫帶著學術視野的古代清風明月。「過分依賴資料通篇反而變成御花園那般整潔，喪失野趣、喪失閒趣、喪失那荒蕪的慵媚和瑣碎的悠遊，徒嫌堆砌，也嫌正經。」（董橋）佛門中人一向對世智辯聰有所微詞。他們聲稱「學佛」與「佛學」是兩碼事。胡適當年以歷史方法研究禪宗，對佛學頗多詆毀之辭，遭致真修實煉的鈴木大拙批評。胡適為轉移風氣人物，但也因此開了一個不太好的頭。本來，佛學是知識份子的一個底，這個底抽掉之後，人文學者有了小聰明，卻缺乏大

智慧，人生境界有限，學問成就也會有限。蔣勳最大的價值恰在於他以慈悲與智慧的雙眼觀看芸芸眾生，傳播溫情與柔軟。

數據化管理與大數據時代

　　法國作家聖・埃克絮佩里的《小王子》風靡世界，來自小行星 B612 的小王子與成人社會的價值觀格格不入。小王子不明白大人們為什麼那麼喜歡數字——如果對大人說：「我看見一幢漂亮的房子，紅磚牆，窗前種著天竺葵，屋頂上停著鴿子……」他們想不出房子到底怎樣。但你告訴他們：「我看見一幢十萬法郎的房子。」大人們馬上就會大聲嚷嚷：「多漂亮的房子！」

　　聖・埃克絮佩里和很多偉大的作家一樣，提醒人們莫忘初心，不要丟了童年的單純與天真。但人類在伊甸園開了智慧，原始樸真消失，就沒有回頭路了。人類開智慧的標誌之一便是數位的發明與運用。數位是自然科學的鎖鑰，在數位裡，人類發現很多基本原則。要瞭解宇宙，在數位那裡可以得到驚人的啟示。數位幫助人們認識世界，慢慢發展出對數位的崇拜。古希臘畢達哥拉斯學派，奉行至高無上的原則：萬物皆數。這理念搞過了頭，幾乎讓西方變成了數位神教的一統天下。

　　改革開放三十年，曾評選三十年影響最大的一百本書，黃

仁宇的《萬曆十五年》高居榜首。黃教授的核心理念，是引進數據化管理。他認為，因為數據化管理缺失，兩千多年來，過度早熟的中國一直無法發展立法、鼓勵商業，加之財政內斂、無競爭性，導致抗戰時期的中國幾乎以一個中世紀國家的姿態與日本苦熬了八年。話說到這分兒上，急於現代化的各級領導，自然迫不及待地學習西方技術官僚們的法寶。

說來荒唐，汲汲推行數據化管理的黃仁宇，卻被他奉為圭臬的量化制度送上了祭壇。傳統中國，理想的師生關係應是孔門亦師亦友型的。但資本主義的大學制度簡化為數據化管理，其中一環便是通行的學生評教。黃仁宇在美國大學教不痛不癢的中國歷史，這門課不能為學生提供實用技能，自然就引不起注重實用實幹的學生青睞。黃仁宇在這種管理制度下吃盡了虧。美國人設計出 FTE（全職教書等量單同位），按照選課學生數、課時數、學生的不同身份折合為某個數量，「不考慮該門課是否必修，也不管教師的等級、資歷深淺或專長，一切都是由電腦來計算」。教授邊緣課程的黃仁宇 FTE 持續下降，數據化管理、供求關係和買方市場合謀，無情地將他淘汰了，他失去了大學教職。

英國文學教授有一句口頭禪：「沒有人會一邊拿著計算器一邊讀奧斯丁。」（Nobody wants to read Jane Austen with a calculator constantly at hand.）《傲慢與偏見》中迷死不少女生的達西先生，每年一萬英鎊的收入，到底相當於多少人民幣？有

那麼重要嗎？本來，真正的文學是用來存儲不能數位化的人類經驗，以對抗時間的獨裁，抵抗遺忘，它促使讀者與古人心靈交流，讓靈魂多飛一會兒，不要墮入動物的感官世界，也不要沉溺於庸俗的現實世界。前些年，有學者執迷於搞唐詩、宋詞排行榜，忘了文無第一、武無第二這條古訓，文科教授不琢磨藝術思維的獨特與神奇，反而在泛科學主義的神殿裡自我降格，淪為數位的奴隸。理工「宅男」們更極端，不相信春愁秋恨究竟為何物，也不相信「文章本天成，妙手偶得之」的玄妙，他們把《全宋詞》拿出來「搞鼓」，算出其中的九十九個高頻詞語。熟記這些高頻詞，隨便玩點排列組合，就可以創造「美妙絕倫」的宋詞。排在前三位的高頻詞連在一起，是「東風何處在人間」。宋詞是什麼？理工男們驕傲地宣稱，是「東風何處在人間」。

「賽先生」一統天下，數字帝國的霸權無遠弗屆。敏銳的電影思想家基耶洛夫斯基卻發現數字背後的偽科學盲動，質疑這種數字霸權的合法性。他的電影《十誡》講過一個故事：八歲的巴伯家門前有一個小湖，冬天他喜歡在那裡滑冰。但冰的厚度是不一定的，只有厚到一定程度才可以在冰面上安全地玩耍。巴伯的爸爸是一位數學家，精通電腦，相信一切都能夠用電腦方程式運算出來，比如門前小湖的冰面厚度就可這樣算出。耶誕節前，小巴伯想去滑冰，他按照爸爸的教導打開電腦詢問計算結果，電腦說，「I am ready」，於是他穿上爸爸給他

的聖誕禮物冰鞋，上了冰面。正當他歡快玩耍的時候，湖上的冰破了，巴伯葬身湖底……基耶洛夫斯基提醒世人，有些東西不能用冷冰冰的數字來回答。

尼爾‧波茲曼的《技術壟斷》也曾批判唯科學主義所標榜的統計數字、民意測驗、標準化測試等做法，唯科學主義是技藝的濫用，它導致量化與毫無意義的數字問題，是絕望中無可奈何的希冀與願望，歸根到底，是一種虛幻的信仰。

世間一切學問，大至宇宙，小至無間，莫不是為了解決身心性命的問題。現在，以數字與科學為外包裝的偽學問卻大行其道，巧妙地愚弄世人，結果便喪本逐末，背內合外，愈趨愈遠，愈走愈歧，愈鑽愈晦。古印度人尚知哀歎無明，現代社會的運行基礎卻是以承認無明為前提，現代工業大生產事實上成了歷史上的最大宗教。資本主義工業大生產，形象點說——有一瓶汽水，裝汽水的是玻璃瓶，喝完汽水後玻璃瓶直接摔碎，不准收回。只有這樣，玻璃廠才能一直生產汽水瓶，資本生產體系才能存在。一切巧妙複雜的數目管理制度，都建立在承認「摔碎玻璃瓶是合理的」這一前提之上。

數據化管理弄得世人惶惶不可終日，轉眼，又迎來了更癲狂的大數據時代。資料時代，依賴資料狂人的資料執政。他們認為，除了上帝，其他任何人都必須用資料說話。執迷於資料思維的鼻祖，非美國前國防部長麥克納馬拉莫屬，他堅定地認為資料能揭示真理，他最漂亮的手筆是，以一個外行管理者的

身份，依靠資料，挽救了瀕臨倒閉的福特公司。麥克納馬拉任國防部長期間，又把這一套複製到越南戰場。「越戰」結束二十年後，他出版回憶錄，自言對「越戰」做出的決策錯得離譜，大錯特錯。麥克納馬拉的教訓其實給時下的大數據時代進行了預警：大數據固然有助於解決緊迫世界性問題，譬如氣候變暖、疾病威脅、發展經濟等，它也帶動了生活、工作和思維的重大變革，但大數據是「術」不是「道」，不能解決根本問題。一如醫生依靠大數據治療約伯斯的癌症，他們可以得到整個基因資料文檔，再決定用何種藥物，但這只能延長約伯斯幾年的生命，改變不了他必然死亡的事實。應該警惕的是唯科學主義傾向，癡迷於資料推論，讓世人淪為資料的奴隸，為資料而資料，在錯誤的前提下得出錯誤的結論。關於數字的局限性，羅素說得很清楚：「數學是這樣一種學問，那是在說什麼？是真的抑不是真的，絕非所知。」數學依靠人提出命題，它只提供情報。

資料思維不解決終極問題，就像科學不涉及終極關懷，它的主要用途在商業上。就算在工商界，它真像宣揚的那麼重要、不可替代嗎？也不盡然。約伯斯設計蘋果系列產品，就不依賴通行的市場調查，平庸的公司通常循規蹈矩，先做客戶調查，依照這些資料再做產品設計。約伯斯卻不這樣，他驕傲地以為，普通人根本不知道自己需要什麼。秉持這種理念，約伯斯卻設計出了最人性化的蘋果系列，引發全球青年宗教般的追

捧。這說明，在科學縝密的數字思維之外，天才的藝術家的直覺更為重要。可是近代以來，由於科學的一家獨大，藝術直覺恰恰是被壓抑最深的，天才的存在空間被擠壓得越發逼仄。中國古人憑直覺，便已感知大地在天體中，如蛋黃在蛋清中，這是一種無因由的悟解力。後來西方認識到這點，憑藉的是科學與計算。東方哲學重感悟與直觀，重心靈對萬物之本真的神秘默契和體認，它以返本求源的方式，切入生命與文化、人生與宇宙的結合點，電光火花，千古一瞬。約伯斯的成就，除了技術與數位，誰能說與他年輕時的禪修，他的精神導師乙川弘文沒有關係？李澤厚說：「該中國哲學登場了。」也許是時候了。

大數據時代表面上人人平等，其實階層區隔依然明顯。在這場看似免費的夜宴裡，資料大亨們對民眾催眠，並進而監視、收集、記錄民眾的資訊。他們利用資料採擷技術，分析民眾的行為習慣、特點、喜好，預測其消費行為，最終向其推送消費產品資訊，促使民眾進行消費，或者說，民眾無理性的消費才是大數據鼓吹者的最終目的。在大數據的潮流裡，只有資料大亨們獲得了龐大的商業利益，「資料生產者」無論是思想還是行為，都無法獨立於資本主義主流價值觀與消費觀之外，只能被物化為支撐消費社會得以運轉的、追求虛幻符號的個體。囚禁人們的，是一座看不見的數字圓形監獄。

「當心，老大哥在看著你。」這是奧威爾《一九八四》的經典名言。如今，技術取代了政治對人類進行奴役，人類無時無

刻不生活在資料監控中，監控者無處不在，監控者無時不在，每個人都是透明人，隱私保護無從談起。這再次令人想起盧梭的著名論斷：「人生來是自由的，但卻無處不身戴枷鎖。自以為是其他一切的主人的人，反而比其他一切更是奴隸。」

平生未敢入洛陽

　　自從相機普及，旅行的技術含量與文化品位便大不如前。南朝人的山水有玄理，唐人的田園有禪意，宋人於山水中見格物致知，明季文人，山不是山，水不是水，是性靈與趣味。古典時代，肚子裡沒有點乾貨，不敢南北漫遊，訪名山大川，怕被罵東施效顰。光有乾貨還不夠，得有靈氣、才情，方能與大自然對話與交流。吳敬梓寫八股專家馬二先生遊西湖，第一天專看女人，看鄉下女人，看城裡女人，在淨慈寺裡只管在人窩裡撞，第二天重遊，爬上高岡，俯瞰錢塘江與西湖，長歎一聲：「真乃載華嶽而不重，振河海而不洩，萬物載焉」，相比「淡妝濃抹總相宜」，相比「三秋桂子十里荷花」，馬二之歎，雖誠摯但迂腐，馬二寫時文，是有水準的，但對西湖的美景茫然無感，總使我想起大觀園峻工時賈寶玉大放異彩，賈政身邊那些博學的清客只好自稱讀腐了書，學問與靈氣是兩碼事。

　　也許，旅行的本意是將自己置於陌生的空間，探歷史、看文化、觀習俗，發思古幽情，它本質上是用異文化來檢查自身文化中值得反省的部分，或者還可以滿足了人類喜新厭舊的心

理。熟悉的地方沒有風景。但圖像時代的旅行，心靈算是徹底解放了，最累的要數眼睛，像馬二先生一樣不停地看滿大街的美或者不美的女人。看人也沒什麼不好，《西湖七月半》就說「西湖七月半，一無可看，只可看看七月半之人」，不過，張岱寫得興味盎然，比馬二先生只看女人有雅趣得多。

　　東西南北去過一些地方後，反倒對旅行的興趣沒有以前那麼強烈。一方面，如今的景點弄得像高校，千人一面且過於商業化，大城小城都在現代化的衝動中忙於閹割歷史、製造假古董，另一方面，也慢慢體悟到心遠地自偏的含義，覺出「會心處不必在遠，翳然林水，便有濠濮間想也，覺鳥、獸、禽、魚，自來親人」。

　　友人兩次邀請到洛陽，都被我婉拒。洛陽有我感興趣的龍門石窟，有高大的盧捨那佛像，有中國第一座佛教寺院白馬寺，也有聞名天下的牡丹節。有一次坐火車經過洛陽，停站時透過玻璃看了看市容，也是一般凌亂的高樓，也是高聳的腳手架，攪拌機的轟鳴聲中，彌漫著飛揚的塵土與莫名的亢奮。洛陽史上以富貴著稱，今天，它一樣在城市化的進程中大興土木開膛破肚，似乎要回歸到唐前的榮光，要製造出與石崇比肩的新一代富豪。

　　洛陽其實是一座有風情的城市。後人對石崇訾議不少，說他揮霍無度極其侈靡，造了個金穀園享受生活，他廁所裡放著甲煎粉、沉香汁等名貴香料，外面有花枝招展的女僕恭立侍

候，沒見過世面的官員還錯以為進了他的內室。如果石崇就會這些，與一個土財主暴發戶也沒什麼區別。還有人說石崇好色，金穀園裡的如雲美女都是沖著他的錢去的。怕是未必，至少侍妾綠珠對他有情，可以為他墜樓殉情。多少年後，同樣多情的杜牧就以此創作了絕句：「繁華事散逐香塵，流水無情草自春。日暮東風怨啼鳥，落花猶似墜樓人。」有這樣一位紅塵知己，石崇即便被殺，也不那麼遺憾了。

紅樓讀過幾遍，方知青少年時代視為妙品的詩詞曲賦，大都有所依憑，並非憑空結撰的，雪芹原也如黃庭堅一般精通點鐵成金術。寶釵的「好風憑藉力，送我上青雲」化自侯蒙的「幾人平地上，看我碧霄中」。《秋窗風雨夕》，作者點明了擬《春江花月夜》之格，最負盛名的《葬花詞》，格調與情思脫自唐初劉希夷的《代悲白頭吟》，「儂今葬花人笑癡，他年葬儂知是誰」像「今年花落顏色改，明年花開復誰在」；「一朝春盡紅顏老，花落人亡兩不知」像「年年歲歲花相似，歲歲年年人不同」；「試看春殘花漸落，便是紅顏老死時」像「宛轉蛾眉能幾時，須臾鶴髮亂如絲」……我喜歡《代悲白頭吟》的開頭：「洛陽城東桃李花，飛來飛去落誰家。洛陽女兒好顏色，坐見落花長歎息。」河南的女性都應該好好讀讀並樹起信心，劉希夷明明說洛陽女兒好顏色嘛，不知是哪些促狹的媒體為吸引眼球，隔三岔五就鼓搗全國美女排行榜，看過一些，各種榜單都沒有河南的，加之前幾年全國妖魔化河南，堂堂的中原人，竟不敢

堂堂正正地報出自己的籍貫。

洛陽女兒不僅漂亮，怕是也多情。

歐陽修從洛陽離開時，寫過情致纏綿的詞句，與這個城市的女人與花告別：「直須看盡洛城花，始共春風容易別。」平生最喜歡看這些大人物的滿腹柔腸，所謂人性，不過承認每個人均為凡胎濁骨而已，既為凡胎濁骨，必有愛恨情仇。試想滿城之花哪能看盡，偏偏他又說始共春風容易別，既看不盡，容易別從何說起？這首詞裡還有大名鼎鼎的兩句，謎底好像在這裡：人生自是有情癡，此恨不關風與月。原來洛陽女兒的紅巾翠袖，皓腕明眸讓文忠公久久割捨不下，萬縷情絲牽牽絆絆，欲去還留呀。

以「天下三分明月夜」聞名的徐凝，對洛陽的人傑地靈讚不絕口，「洛陽自古多才子，唯愛春風爛漫遊」，漢代的賈誼，唐代的杜甫，是典型的洛陽才子。韋莊本為陝人，三十老幾到的洛陽，不想也用洛陽才子這招牌。韋莊的詞句淡雅清麗：「洛陽城裡春光好，洛陽才子他鄉老。柳暗魏王堤，此時心轉迷。桃花春水綠，水上鴛鴦浴。凝恨對殘暉，憶君君不知。」春光繚亂、煙柳迷茫，桃花水暖，鴛鴦雙浴，這些是烘托與鋪墊，落腳點還在憶君君不知。我以為，詞的好，在於寫普泛化的男女相思之情，所謂「兒女情長，風雲氣少」是也。想不到貴為宰相的韋莊也有不能落實的情感，只能用文字來寄託相思。

韋莊所憶的，似乎是一個洛陽女子，也可能不是。但李商

隱，的的確確在洛陽有過一次浪漫的邂逅並為此肝腸寸斷。二十三歲那年，他與同行士子入住客棧，堂兄李讓山一次高聲吟誦他的《燕臺》詩。鄰家十七歲的柳枝姑娘聽後，驚問出自何人手筆？李讓山說明作者後，柳枝手斷衣帶，請李讓山代為乞詩。幸福來得太快，起點太高，往往不能善終，後來的結局是，李商隱錯過了與柳枝三天後的約會，柳枝被浙東的一位地方長官娶為姬妾，柳枝不從，被賣入青樓……

義山作過《柳枝詩》五首，表達他對洛陽少女柳枝的深深思念。好事的研究者推測，義山晚年有過兩次浙江之行，是否與柳枝有關。真這樣，李商隱就不夠智慧與通脫了，人生情緣，自有分定，未來不可捉摸，也不可預言，又何必呢？每個人都有她要承受的命運與遭際，再說，自古美人如名將，不許人間見白頭，就算真見到了柳枝，他能認出那張老得讓人心疼的臉嗎？

九把刀寫過：「戀愛最美的部分就是曖昧的時候，等到真正在一起，很多感覺就會消失不見。」柳枝之於李商隱，大抵如此，又有人說，美好的旅途最好不要到達，我也深以為然，平生不敢入洛陽，不去也好。

輯二

諦觀有情，當下安然

戀愛中的海德格爾

一

　　學者與行者的區別在於，學者能知不一定能行，行者卻主張信、解、行、證，起心動念間，即收視返聽，觀照自身，檢視不足。「軸心時代」的聖賢皆是行者，他們是各個文化傳統裡的中心，後世學者，儘管名滿天下，相較之下，境界差了不止一截。

　　前幾年，漢娜・阿倫特在國內思想界大熱。我買了她市面上能見到的書：《極權主義的起源》《論革命》《人的境況》等，還有研究她的書：《阿倫特為什麼重要》。

　　通過阿倫特，我瞭解了什麼是「平庸的惡」，知道了「沒有寬容就沒有未來」這些高深理論。應了周國平的一句話：女人研究哲學，糟蹋哲學，更糟蹋女人。中外女史，玩文字而獨立時代潮頭傲視群雄的，代不乏人，但靠玩哲學獲得世界聲譽的，數來數去，就那麼幾個人：波伏娃、桑塔格，還有阿倫特。波伏娃有靈秀的五官，與薩特驚世駭俗的愛情為人津津樂

道，桑塔格快當得起司馬遷對莊子的讚譽——「其學無所不窺」，可惜長相少了女性嫵媚，粗粗壯壯的身姿勾不起一絲絲綺念。

「綠兮衣兮，綠衣黃裡。心之憂矣，曷維其已？綠兮衣兮，綠衣黃裳。心之憂矣，曷維其亡？」在海德堡大學，十八歲的阿倫特就是這樣的綠衣人，她面容姣好，打扮時尚，思想獨特，尤喜穿綠裙子。她的導師是偉大的哲學家海德格爾。中國沒多少人讀得懂海德格爾，但只要上過大學的，沒幾個不知道他的大名。

海德格爾與阿倫特的故事，充分展示了人性的幽微與複雜，讓人對人性保持深深的警惕。這是兩位將視線深入到未有人跡之處的哲學家，兩個偉大而孤獨的靈魂。一輩子在遮蔽、敞開、詩意棲居、仰望星空中獨自前行，將芸芸眾生甩在身後的海德格爾，卻沒辦法管理好自己的身體，與阿倫特爆發了一場道德與禮教之外的不倫師生戀，其時他已是兩個孩子的父親。閱讀阿倫特深邃的著作，許多疑問縈繞心頭：為什麼特立獨行、思想理性的女哲學家面對愛情如此感性不惜飛蛾撲火——哪怕充當著地下情人，不斷被海德格爾擺布，後又被找藉口拋棄，還能癡癡困在原地？翻看《林中路》，海德格爾身上也圍繞著巨大的謎團：如此深邃的心靈為何要鼓吹納粹？這麼理性冷靜的大腦在愛情中怎麼與小市民無異，連劇情都那麼狗血？

二

　　站在阿倫特的角度，完全可以罵海德格爾是個不折不扣的偽君子。《三國演義》再怎麼黑曹操，都無損阿瞞的光輝形象。他甜言蜜語哄得張濟之妻劉氏，就在營中夜夜笙歌，外面大力士典韋把門，他好色也好色得光明正大，陽剛不猥瑣。老流氓亨利・米勒心煩意亂，直接說：「當你煩躁迷茫的時候，操。」與這兩人相比，海德格爾算哪門子的正人君子？

　　想起賽凡提斯，我放棄了指責海德格爾。通過《唐吉訶德》，賽凡提斯告誡世人，人性的複雜遠超過我們的想像，人，遠非道德家們說的那麼簡單。

　　人類雖自視甚高，卻根本無法逃脫上帝的控制。蒙田說：「在這個世俗的囚牢裡，我們身上既不是純肉體的，也不是純精神的，硬把一個活人撕成兩半足以害人。」肉體不可否定也很難戰勝，不要高估智力和文化修養在生活中的作用，只要有情愛這回事兒，人類就非常弱智，要想自度非常困難。

　　卓越如海氏與阿氏，亦莫能外。

　　少年一段風流事，只許佳人獨自知。海、阿二人的地下戀情本來私密，如今在研究者的逼視之下浮出水面。上帝在人類身上秘密設置了很多雷區，用來控制妄自尊大、不太聽話的我們，情愛便是其中之一，人類想用理性反抗上帝時，上帝便微笑著引爆地雷的裝置。猶如猶太人的格言：人類一思考，上帝

便發笑。海德格爾代表了西方人文學者的普遍困境,他們長於思辨,擅長在具體事物之外推演出一個抽象世界,建立一套縝密的理論架構。這一架構越是完美,就越可能是一座四面封閉的城堡,將學者困在其中,無法面對真實生活,此之謂理想與現實之反差。

海德格爾不會不知道不倫戀的後果,但,「智及而仁不能守」。書齋裡的鴻儒,是抽象世界的巨人,卻是真實生活之侏儒。這與軸心時代的聖賢相比,缺了知行合一的核心元素。

三

英國詩人勃朗寧曾寫下詩歌《神未必這樣想》。詩中的一對戀人,男的因年長很多,不敢結婚。十年後,女子委身於不愛之人,而他仍單身,和一位女伶結識。這樣,四個人都很不幸,違反了天意。這時老男人才悟到:當初他的種種顧慮,而「神未必這樣想」!

海德格爾,愛了,違反了道德,詩中男人,沒愛,又有了遺憾——似乎怎麼做都是錯的。

情愛原是生命中的一大公案,愛恨糾纏後如生如死後,要人悟得緣起性空,不必生滅造作。星雲大師說:「愛如繩索般束縛,使人們的身心不得自由;愛似枷鎖般困鎖,使人們情緒片刻不得安寧;愛有時猶如盲者,使人們陷身於黑暗之中而渾然不知;愛又像刀刃上的糖蜜,為了貪嘗那一絲絲甜味,而可

能有破舌喪命的危險……」把心放下，隨處安然，說起來容易，但人非木石，你不可能對美、對生命情性茫然無感，所以，現實中能斷恩愛者畢竟極少極少。

西方文化裡，吃了智慧之果的亞當與夏娃拿起一片樹葉要遮擋住什麼，伊甸園就不存在了，人類永遠要在失樂園裡受苦，還自以為活得很快樂。更可怕的是，每個人都在重複所有人。亞當夏娃的事，不就是男人女人那麼一點事麼，為什麼一代代人樂此不疲，英雄美人演過，才子佳人演過，海氏與阿氏也演過，過去人演，現在人演，未來人還要演。

四

人類的困境即在此，表面上人類有自由意志，卻不明白其實受控於一種無形的力量，叔本華稱這為「生命意志」——人類與生俱來的求生存與繁殖的本能。臺灣吳克群的《為你寫詩》歌詞有言：「愛情／是一種怪事／我開始全身不受控制／愛情／是一種本事／我開始連自己都不是／為你我做了太多的傻事。」旋律難聽至極，歌詞卻說的大實話——愛情是帶有一定罌粟特質的，有著驚人的美麗與蠱惑力，讓人失去理性，失去判斷，失去正常思維，耽溺其中，逃不開羈絆。

海氏與阿氏的故事，只不過再一次證明，愛情是純粹理性之外的運作結果。非得用經濟學的理性選擇理論解釋愛情行為，豈非南轅北轍？古代才子佳人，一見鍾情即待月西廂，雖

然俗套，卻真實地寫出了情欲的盲目與危險，力比多在體內東突西竄，連海德格爾都控制不了，你能指望這幾個非「名教中人」用朱老夫子的「世上莫如人欲險，幾人到此誤平生」來滅了心頭的火？

西方聖哲蘇格拉底說：人需要的越少，就越接近上帝。宋明理學家於此心有戚戚，一直用正能量激勵人們，同時也不忘威脅愚夫愚婦們：「二八佳人體似酥，腰間仗劍斬愚夫。雖然不見人頭落，暗裡叫君骨髓枯。」奇怪了，沒親身經歷過，你怎麼知道的？理學家們只好王顧左右而言他。

佛家早就看出個中的奧妙，他們的做法更絕：茹素。一直詫異於漢地佛教與藏地佛教對於葷食與素食迥然不同的態度，佛教界的標準答案是：藏地高寒，非食肉難以生存，漢地教徒茹素，不殺生可以逐步訓練慈悲心。但漢地葷腥也包括吃蔥蒜之類氣味濃烈的菜蔬，再加一條不喝酒，蔥蒜不是動物，酒是糧食釀的，吃點喝點按說也不傷慈悲，但這些東西亂性，理性的網路就會被撕開缺口，壞了修行。

佛教對紅塵男女教化的手法與儒家相似，先正能量，再威脅。佛教要人修骷髏觀，說所見的美女均為因緣和合而生，最終都會變成一堆白骨，何曾有美女？高僧們告誡世人：「愛欲如迎風火炬，必有燒手之患；愛欲如刀口之蜜，必有割舌之患；愛欲如夜行屍林，必有鬼打之患；愛欲如埋伏地雷，必有喪身之患；愛欲如糖裹硫酸，必定焚身潰爛。」這道理，跛足

道人也對賈瑞開示過。

連海德格爾當年都沒弄明白，何況賈天祥？

五

修行實難。

軸心時代的幾大文明傳統，古希臘最接地氣，最具人間煙火氣息。孔子說未見好德如好色者也，耶穌苦口婆心告誡世人「順著情欲撒種的，必從情欲收敗壞；順著聖靈撒種的，必從聖靈收永生」，他們要拯救敗壞的人心，可世人就是聽不進去，天堂太過遙遠，紅塵近在咫尺，成賢作聖太苦，人間享樂多好。所以古希臘文明遍地開花，文藝復興棄絕了人的神性，新文化運動打翻了孔子。

古希臘文明固然真率，宗教文化固然不少虛偽，但發展到後來，以尊重人性為藉口，大行情欲書寫之實，致使人欲氾濫，世人淪為感官與本能的動物，失卻提升契機，著實為一大遺憾。耶穌說：「眼到心動，即已犯淫了。」兵法何其峻烈！揆之世間，又有多少人努力精進，但一朝不慎，即前功盡棄。《天龍八部》中的玄慈方丈，少林一代高僧，修行固是了得，武林大會上，也被人揭發出與葉二娘有私。有人說情關如此難破，便乾脆放棄了努力，何必自苦若此？

如果生命是我們自己的作品，它等待著我們每個人的自我完成，就是要人們克服一般人性。如果不能指出向上一路，不

能以聖賢為榜樣，八十歲與十八歲又有什麼區別？人世的修行乃逆流而上，如劍刃上行，冰棱上走，時刻惕勵，時時觀照，時時反省，時時改過，方可臻於圓滿。

世間作家學者以為的愛情，在大智慧者看來，不過是「汝愛我心，我憐汝色，以是因緣，經百千劫，常在纏縛。」克服不了情欲，你到不了天堂，只能不斷輪迴。

海氏與阿氏拿到了天堂的門票嗎？

美好的情感最好不要抵達

一

　　《邶風・擊鼓》有流傳千古的詩句:「死生契闊,與子相悅;執子之手,與子偕老。」熱戀中人免不了海誓山盟與天長地久,他們眼中,除了彼此,外在一切並不重要,一輩子,只要能夠攜愛人之手,一起走過漫漫人生路,還有什麼可追求?

　　愛情是一種病的名稱,沈從文這麼以為:「……我把你當成我的神,敬重你,同時也要在一些方便上,訴說到即或是真神也很糊塗的心情……究竟為什麼原因,任何書上提到的都說不清楚,然而任何書上也總時常提到。(有人將)『愛』解作一種病的名稱……(沈從文、張兆和《從文家書》)」他們兩人造就了二十世紀文壇不朽的傳奇,給百花盛開的現代文學增添了不少嫵媚風致,他們的故事,牽繫著一批深懷風雅的文人,胡適、梁思成、林徽因……那時,有多少才子佳人的流風遺韻與曲水流觴的風雲際會!

　　後來的情節表明,他們兩人沒能走在一起可能更好一些。

早在西南聯大，兩人就有過情感的小摩擦。有段時間，兆和相信丈夫愛上了別人，據說是他當年在北平教過的女生。那個女生也到了昆明，除了張兆和，一些熟人說得有鼻子有眼。目擊者稱，沈從文和那位女士在一起，還說，沈從文的小說《看虹錄》就是他感情出軌的明證。

　　一九四九年後，沈從文與張兆和在對待新社會的看法迥然不同。此前，經濟壓力幾乎讓他們窒息，沈從文還可以一邊忍受流鼻血的老毛病一邊不停地寫作。張不明白，現在條件這麼好，國家又鼓勵創作，丈夫為何寫不出作品了？她顯然不能理解丈夫的痛苦與焦慮。一九七二年，結束牛棚生涯回到北京，兩人也數度分居，分開比共用同一空間讓他們覺得更幸福。兩人都生活在各自的世界裡——張兆和的人生目標是改正錯誤，沈從文的生命意義來自深思默想。

　　一九九五年，沈從文過世七年後，張兆和整理出版他們的通信，在《後記》中寫道：

　　從文同我相處，這一生，究竟是幸福還是不幸？得不到回答。我不理解他，不完全理解他。後來逐漸有了些理解，但是，真正懂得他的為人，懂得他一生承受的重壓，是在整理編造他遺稿的現在……太晚了！為什麼在他的有生之年，不能發掘他，理解他，從各方面去幫助他，反而有那麼多的矛盾得不到解決！悔之晚矣。

　　張兆和在後悔什麼？對沈從文的誤解，與丈夫的紛爭與口

角與無休止的冷戰，還是……

　　當年若是他們的愛情戛然而止，並沒有奔向婚姻，會不會更美一點？

二

　　我與香港新「四少」之一的馬家輝做過短暫的同事。此前在鳳凰衛視看他與竇文濤、梁文道胡吹海侃神采飛揚，他本人比電視上更有風度：衣著考究，談吐不凡。找他的書看，有一句印象極深，他說這一輩子有兩大遺憾，其一便是娶了他的臺灣太太，要是不娶太太，應該會更愛她一些……

　　這可是曾經滄海者的內心獨白，莫非真的只有事與願違才能讓男性無盡地企戀與緬懷？莫非只有淒淒切切哀婉驚歎才是經典愛情的永恆主旋律？莫非至美至真的情緣都以不能在一起為代價？

　　柏拉圖問老師蘇格拉底：愛情是什麼？

　　蘇格拉底叫他到麥田走一次，在途中要摘一株最大最好的麥穗，不能回頭，也只能摘一株。柏拉圖最後空手而回，他說：「好不容易看見一株看似不錯的，卻不知是不是最好，不得已，因為只可以摘一次，只好放棄，再看看有沒有更好的，發現快走到盡頭時，才發覺手上一株麥穗也沒有。」

　　蘇格拉底告訴他：「那就是愛情。」

　　愛情是一種理想，你很難找到那最大最好的麥穗，最好最

美的愛情只存在你的心中，一旦將它實現，就不再美好了，錯過的才是最好的。這觸及了塵世男女不可抗拒的：真愛至愛卻要以不能在一起為前提，真愛意味著至尊寶心中殘存着紫霞的眼淚。

「一片殘陽柳萬絲，秋風江上掛帆時，傷心家國無限恨，紅樹青山總不知！」這是孫多慈寫給徐悲鴻的情詩，史上還流傳她採擷相思豆送給徐悲鴻的軼聞。為了孫多慈，徐悲鴻不惜與蔣碧薇仳離——當年蔣碧薇可是與他一起私奔去日本的，現在夫妻卻反目成仇。是該抱怨對方還是該抱怨生活？或者，徐對於蔣，可用蒙田的觀點解釋：「愛情實際上是一種朝三暮四、變化無常的感情，它狂熱衝動，時高時低，忽冷忽熱，把我們繫於一發之上。愛情不過是一種瘋狂的欲望，它是以身體的快感為目的，一旦享有了，就不復存在了。」

感謝冥冥中的定數，孫與徐最終沒有走到一起，在歷史的青燈縹緲中，讓後人透過迷濛的情愫寄託一份迷濛的念想——一九五三年，徐悲鴻在北京病逝，噩耗傳到臺北，孫多慈「臉色大變，眼淚奪眶而出」。告知孫這一消息的，竟是蔣碧薇，這是她們兩人一生中唯一的對話。

當讀者為寶玉黛玉不成眷屬傷心落淚，好事的作家也畫蛇添足，非得讓寶黛團圓才肯甘休。錢鍾書卻極力反對兩人走進婚姻的殿堂：「當知寶黛姻緣，儌倖成就，喜將變憂，遙聞聲而相思相慕者，習近前而漸疏漸厭，花紅初無幾日，月滿不得

連宵，好事徒成虛話，含飴如同嚼蠟。」

書讀通了事歷多了，錢老才有此言。

三

楊絳先生《洗澡》裡說過：「美滿的婚姻是很少的，也許竟是沒有的？」

還有絕代才女張愛玲的安慰：「這世上沒有一樣感情不是千瘡百孔的。」

張愛玲受過感情傷害，她天真期待的浪漫不過是命中註定的桃花劫，那個讚美她是「民國世界的臨水照花人」的才子，不過是閒愁萬種的無行文人，「歲月靜好，現世安穩」的誓言餘溫尚熱，才子就與其他女性打得火熱，塵埃裡開出的花後來成了塵埃裡長出的刺。

靈與肉既合謀又各懷鬼胎。靈的一面指向精神的飛升與超脫，肉的一面指向身體的滿足與沉淪，純粹靈的一面最後變成柏拉圖式的精神戀愛，前提是，得不到對方。歷史上偉大的作品很多都由此產生。

隨著但丁《神曲》來到數百年前的佛羅倫斯，來到春光蕩漾在阿爾諾河，詩人經過地獄、煉獄，洗過靈魂的污點抵達永恆的天堂，實現道德完善和精神超越，找到真正的歸宿。帶領詩人前行的，是美少女貝特麗絲。她是天使的化身，引導著詩人追求真善美，洗去醜惡，找尋神性的光輝……

貝特麗絲，一位真實的少女的名字，但丁心中抹不去的硃砂痣。詩人與貝特麗絲在廊橋不期而遇。偶因一回顧，便成夢中人。從此，在但丁，是無端燕雀高堂上，一枕鴛鴦夢不成。貝特麗絲成為他曠世的暗戀與美麗的哀愁，成為他一生無望的期待。恰巧，貝特麗絲二十四歲便離開人世，更斷了但丁的世俗欲念。從此只有無限的精神嚮往與永恆的愛戀，正是這種愛戀與不捨，讓他的精神得以昇華，寫出不朽的巨著。

假如有情人成了眷屬，哪會有《神曲》這部吹響文藝復興號角的偉大作品？那時，恐怕也會像錢鍾書先生一樣發出沉重的喟歎：含飴還同嚼蠟！

四

像是參透了不成眷屬的情感更美好這一高深哲理，也為了測試人性欲望與道德二者優劣，薩特與波伏娃過了半生同道不同住的感情生活，他們是一生的精神伴侶，卻不要結婚，不要那張法律帶來規範也帶來審美疲勞的紙，他們要給對方自由，也要營造出不成眷屬的本質。真心相愛，為什麼一定要彼此束縛，捆在一起呢？法律不能捍衛愛情，只有愛情才能捍衛愛情。薩特與波伏娃對感情有十足的信心，他們約定，任何事情絕不隱瞞，如果對方真的有了外遇，也會告訴對方……對於這種超前的情感處理方式，常人說什麼也不能理解，懷疑薩特與波伏娃有難以啟齒的生理缺陷……波伏娃說過：「我們不發誓

永遠忠誠，但我們的確同意延遲任何分手的可能性，直到我們相識三四十年的永遠的年代。」

可英國人對兩人羨慕至極。這涉及個人本質上的孤獨，只有孤獨，才是人的本質，你不可能完全走進別人的內心。薩特與波伏娃知道，成為眷屬的情感最終會變成一種惦念、一種牽連、一種占有、一種剝奪，這樣會變得庸俗變得瑣碎，會變成彼此的。他們不去干涉對方，不去幹那種統一思想的蠢事，也不營造夫唱婦隨的假像，要讓對方獨自享有胎記般抹不去的孤獨。英國人內向，最懂得營造孤獨，也最懂得尊重孤獨。他們能懂薩特與波伏娃。

小喬初嫁與東坡多情

一

南唐中主李璟曾取笑宰相馮延巳：「『吹皺一池春水』，干卿何事？」馮的回答很是巧妙：「未若陛下『小樓吹徹玉笙寒』也。」這是五代十國兩位詩酒風流的君臣留下的佳話。自然的細微變化易被細膩多情的文人捕捉，而在旁觀者看來，未免過於敏感，故李璟問馮延巳：干卿何事？卻不料馮以子之矛攻子之盾，還敬了中主一句。讀坡公「遙想公瑾當年，小喬初嫁了，雄姿英發」句，突有奇想，小喬初嫁了，亦干卿何事？求學珞珈時，一位先生認為這是坡公的某種妥協，因為詞以婉約為正宗，花間詞就是以男女相思為主要內容，並由此奠定了詞的範式，也形成了寫詞的傳統，所以即便是愛作天風海濤之曲的東坡，亦不能不作出一點退讓，難免在詞中還帶有一絲綺羅香澤之態，猶如辛詞中，英雄失意之時，也出現了「喚取紅巾翠袖，搵英雄淚」一樣。

這種解說有一定道理，然亦有意猶未盡之憾。

《念奴嬌·赤壁懷古》被公認為東坡的豪放之作，詞中為何突然兒女情長？這似乎不是問題，因為在詞學界與讀者群中似乎已達成了普遍的共識：該詞述周瑜不世之功，「小喬初嫁了」襯托他的英姿，英雄美人兩相映襯，更顯出公瑾的少年風流、丰姿瀟灑、韶華似錦、年輕有為。這種共識建立在大家公認東坡為豪放詞人的基礎上，這是公眾的理論基石，但當我們一意孤行地進行某種理論預設，事先將坡公的詞作定為豪放，然後戴著有色眼鏡先入為主地解讀該詞，將一切的追問與發難看成不值一提的信口雌黃時，我們會不會不知不覺地重複著前人的誤讀？會不會陷入一種人云亦云的偏見之中？是否也考慮過這理論基石本身也是靠不住的呢？

自然，東坡有攬轡澄清之志，以一洗綺羅香澤之態而著稱於世。他的橫空出世，向溫庭筠至柳永的雌聲學語者們發出了強有力的挑戰。坡公摧陷廓清，給北宋詞壇吹進了一股剛健的雄風，驅走了男子作閨音的低靡之風，「指出向上一路，新天下耳目，弄筆者始知自振」。（《碧雞漫志》卷二）但這只是問題的一方面，豪放並不是東坡的全部，馮煦為朱孝臧《東坡樂府》作序，就提出：「東坡之於北宋，稼軒之於南宋，並獨樹一幟，不域於世，亦與他家絕殊。世第以豪放目之，非知蘇、辛也。」他認為蘇詞的最大特色是在剛柔之外，自成一體：詞有二派，曰剛與柔。毗剛者斥溫柔為妖媚，毗柔者目縱軼為粗獷。而東坡剛亦不吐，柔亦不茹，纏綿芳菲，樹秦、柳之前

斿；空靈動盪，導姜、張之大輅。周濟《介存齋論詞雜著》云：「人賞東坡粗豪，我賞東坡韶秀。韶秀是東坡佳處，粗豪則病也。」他們是真正讀懂了蘇詞的學者，常人往往願意誇大蘇詞與柳詞對抗、水火不融的一面，卻絕少看出其實蘇、柳二人有共同之處，也往往誇大二人志趣、品味上差別，將他們分屬於雅人與俗人，格調高尚與志趣低俗之人，卻忽視兩人也和世上其他人一樣，擁有著一些普泛化的情感，只不過這情感的抒發與解脫之道不同罷了。相對而言，柳永溺於消極情感，前人評其「尤工羈旅行役」即是言其善寫流浪漂泊與無家可歸的哀愁，東坡告誡少游勿學柳七作詞可能也是對其語詞塵下、溺於私情不能自拔而頗為不滿。東坡並非沒有像柳永那樣的迷惘之感，也並非沒有對人生的悲劇體驗，如果我們讀「細看來，不是楊花，點點是離人淚」、「揀盡寒枝不肯棲，寂寞沙洲冷」一類的詞句，這些與柳永「多情自古傷離別」、秦觀「聊共引離樽」「飛紅萬點愁似海」並沒有太大區別。所不同的是：東坡不愛作草間蟲吟，他往往以物我參透的通達心態化解種種人生苦悶。

　　細細品來，《念奴嬌・赤壁懷古》中其實鬱積著一股失意的愁緒，只是這股愁緒被橫亙於作品中的沖天豪情掩蓋了，遺失在充滿動感的畫面與鏗鏘有力的節奏之中。「亂石崩雲，驚濤裂岸，捲起千堆雪」，東坡的偉大之處在於賦山水以生命，化平常為神奇。赤壁風物本不過爾爾，經其妙手描述，頓見無

限生機。其寫作手法直有鬼斧神工之效，以致范成大見到赤壁後對東坡稍有不滿：「『赤壁』，小赤土也，未見所謂『亂石崩雲』及『蒙茸巉岩』之境，東坡詞賦微誇焉。」（《吳船錄》卷下）當然，作者賦予了赤壁雄豪、瀟灑的氣概，這是全詞的主要格調。但不可否認，懷古主題之中也有身世之感，在波瀾壯闊的畫卷後卻蘊含著人生須臾的虛無感：那些「千古風流人物」最終還是被「浪淘盡」了，空留山川遺跡供後人憑弔。

　　本詞作於東坡貶居黃州之時。被貶之時作者四十四歲，在「烏臺詩案」中僥倖撿回一條命，貶居黃州五年間，東坡作詞數量甚多，有近五十首，占其詞作的四分之一。著名的《赤壁賦》《後赤壁賦》也作於這一時期。《赤壁賦》中的情愫與詞中的情感大體相近：始於低昂又終於解脫，矛盾交織又終於放達。但與《赤壁賦》中那個終於投身大化、頓脫人生枷鎖的抒情主人公相比，此詞似乎有更多的苦悶縈繞心頭：人生如夢的思緒、年華易逝的慨歎。作者情緒其實相當低沉，似乎還沒有找到對抗無情時間流逝的有效辦法。「多情應笑我，早生華髮，人生如夢，一樽還酹江月」，這裡的悲劇體驗有兩層意味：一是曾經在歷史舞臺上風雲際會、縱橫馳騁的「一時之雄」都灰飛煙滅了，在江山無窮與人生須臾的對比中，人是永恆的命定的失敗者，但英雄人物縱然敵不過時間的淘洗，好歹他們的生命輝煌過，也不憾此生了；第二層體驗是相比茫茫宇宙，人生不過白駒過隙，「漁樵於江渚之上，侶魚蝦而友麋鹿」的平凡

眾生又如何安頓自己的靈魂？何況自己命運坎坷，年近半百一事無成，往昔的雄心壯志都已付諸東流，此種人生的意義何在？這與柳永「歎年來蹤跡，何事苦淹留」的叩問如出一轍。要知道，在四十歲就已跨入老年行列的古代，此時坡公的年齡堪稱垂垂老矣，已不復有「老夫聊發少年狂」的豪邁之舉，其暮年心態的流露也是常事。這樣讀來，讀者可以體會到全詞在江山如畫的壯闊背景下，既滲透進了作者對歷史長河的蒼茫感受，又貫穿和映襯著詞人對苦難人生無法釋懷的低沉情懷。

可以說，東坡強為高歌，然終不免淒涼。

二

明確了這充滿張力與豪情的文字後面的另一種情懷，再來看小喬初嫁。

從上下文看，在「公瑾當年」後面忽然接上「小喬初嫁了」是一冒險之筆。原因有兩點：一、史載，建安三年，孫策親迎二十四歲的周瑜，授予「建威中郎將」的官職，並同他一起攻取皖城。周瑜娶小喬，正在皖城戰役勝利之時，而後十年他才指揮了赤壁之戰。此處寫小喬初嫁可能會指為違反史實；二、上闋已定下緬懷歷史追懷英雄的基調，後面又有周瑜的「雄姿英發」，硬插上小喬這一人物，似乎也不大相稱。但作者對自己的創作有清醒的認識，他在給范子豐的信中說：「黃州少西，山麓陡入江中，石色如丹。傳云曹公敗所，所謂『赤壁』者。

或曰非也。」可見，東坡並不想做歷史的忠實記錄者，那是史家們的本職工作，而他，則要天馬行空地遊走在黃州的土地上，任想像縱橫馳騁。

在作者肆意揮灑的背後，明顯彌漫著對青春年華消逝及一切美好事物無情凋零的隱隱感傷，而小喬初嫁正好觸動他的隱秘的憂傷。我們知道，詩人總是一群異常敏感且情感豐富之人，正像義山《暮秋獨遊曲江》所云：「荷葉生時春恨生，荷葉枯時秋恨成。深知身在情長在，悵望江頭江水聲。」真是沒有辦法，一草一木的變化都會讓詩人如此縈懷，他們總是感歎著美的消失和時間的流逝。蕭繹《金樓子·立言》說：「吟詠風謠，流連哀思者謂之文。……至如文者，惟須綺縠紛披，宮徵靡曼，唇吻遒會，情靈搖盪。」這確實是詩人們的專利。好在東坡誠實，坦承自己多情，也不諱言對時間的流逝的哀傷。作者對美好與純真的深情緬懷體現在不經意的一筆「小喬初嫁了」之中，當波瀾壯闊的歷史畫卷浮現在作者腦海中時，作者完全沉浸在懷古之思中，當他從想像中回過神來，才發現時空的阻隔，小喬與自己分屬於不同的時空，於是自嘲多情。

坡公是通達灑脫之士，不會像理學家板起臉孔做一副不食人間煙火狀，他也從不諱言對美好青春的豔羨與欣賞。後來流放惠州時所作《蝶戀花·花褪殘紅青杏小》的下闋，他就直言自己多情：「牆裡鞦韆牆外道。牆外行人，牆裡佳人笑。笑漸不聞聲漸悄。多情卻被無情惱。」作者巧妙地設置了兩個畫

面，一道高牆擋住了視線，牆內是青春逼人的紅粉少女，牆外是頭髮花白的老詞人，牆內二八佳人的自由歡笑引發了老詞人的無限遐思，青春年少的佳人盡情享受著生命的燦爛，自然不會體會到老人對青春的留戀與緬懷。一堵圍牆，擋住了詞人的視線，卻擋不住青春的美，也擋不住對青春美的嚮往。置身此情此景，令人想起韋莊的詞句「當年年少春衫薄，騎馬倚斜橋，滿橋紅袖招」，浪漫與愛情永遠屬於翩翩少年，可詞人當年的英氣勃勃已無情地被時間的長河帶走，韋莊如此，東坡同樣如此。所以，行人縱是多情，牆內佳人卻是無意，他們中間隔著的是殘酷的時空。

東坡的多情並不是對這些佳人們有不可告人的骯髒的罪惡念頭，而是將她們視作美好人生與迷人世界的象徵和標誌。小喬初嫁之於東坡的感受，就像我們突然聽到高中或大學的某校花出嫁的消息之後，也會產生莫名的惆悵一樣。哪怕你並沒有和校花說上一句話，更不可能和她走到一起，但校花的出嫁還是會引起心理的波動和震顫。這細微的心理波動後面隱藏著我們對美人遲暮的潛意識的擔憂。曾經風靡一時的《同桌的你》中唱出「誰娶了多愁善感的你……誰把你的長髮盤起，誰為你做了嫁衣」，歌中的同桌之間只有借半塊橡皮的純潔友誼，並沒有發展為男女之情，但歌者還是會牽掛著同桌女孩的婚姻，因為出嫁意味著一個少女要經歷通向婦人的世俗儀式，也意味著荳蔻年華從此結束，青春也終結了那剎那間的絢麗，從此美

好將為粗俗所代替，浪漫的詩意將被瑣碎的生活代替，纖纖玉手將被粗厲的老繭占據，而楊柳腰枝說不定會變得像水桶一樣粗壯。樸樹《那些花兒》中「她們都老了嗎？她們在哪裡呀？……她們已經被風吹散，散落在天涯」也表達著同樣的情感，那些曾經美麗的花並不能走進你的生命中，但她們的離去卻讓人產生絲絲傷感，不僅僅傷感於美麗的殞落，更是傷感於生命年輪的無情。多年以後的某個下午，我們也都會不經意懷念那些穿越我們生命長空的少女們，她們風姿綽約或者風華絕代，像一道道流星劃過黑暗的夜空，庸常平凡的人生也因曾經的她們而出現了些許亮色。當然，我們能做的是懷念，也僅僅是懷念而已。

讀此詞，總讓人想起《紅樓夢》中的賈寶玉。東坡的多情與賈寶玉眼見大觀園一個個出嫁的女子後產生難以名狀的惆悵何其相似。賈寶玉的身上大概也有東坡的影子，他宣稱乃「俗中又俗的一個俗人」，「見一個愛一個」的情種，但寶玉不同於西門慶的皮膚濫淫，而是追求所謂意淫，「我能夠與姊妹們過一日是一日，死了就完了」，他所獨有的精神上的戀愛不是基於某個人的，而是對大觀園女兒世界的泛愛，因為這個女兒國是理想與美好的精神化身，似乎在這裡，世俗的一切失去了藏身之地，時間也停止了腳步。而大觀園終是烏有之鄉，它的破碎也象徵著人類永恆的精神悲劇：時間是留不住的，一切的美好終歸會化為塵埃。寶玉的泛愛也就與東坡的多情一樣都攏著

一層層淡淡的哀愁。我們再看坡公《蝶戀花‧花褪殘紅青杏小》上闋：「花褪殘紅青杏小。燕子飛時，綠水人家繞。枝上柳綿吹又少，天涯何處無芳草！」「天涯何處無芳草」的曠達的後面原是「花褪殘紅青杏小」「枝上柳綿吹又少」的無情事實，難怪東坡的紅顏知己朝雲歌喉將囀，卻已淚滿衣襟，哽咽失聲。看來東坡所言「知我者，朝雲也」實乃肺腑之言，她的聰慧與靈秀，使她真正能走進坡公不為人知的內心世界，瞭解他的苦痛他的焦慮他的曠達背後深深的憂傷，瞭解他對美的歎惋與追悼。

　　寫到這裡，忽然想起白居易《琵琶行》，香山刻畫琵琶女因人老珠黃而「嫁作商人婦」，「商人重利輕別離，前月浮梁買茶去」，致使她「江口守空船」，在一個「月明江水寒」的夜晚，她想起少年時期的風流韻事，無限傷感，於是彈起琵琶，抒發心中悲怨……這一系列描寫，也寄寓著香山自己青春不在，人生無常的感傷，與東坡小喬出嫁與牆內佳人的心態極其相似。可是馬致遠《青衫淚》卻將琵琶女裴興奴與白居易敷衍成一段浪漫愛情故事，並讓他們結為夫婦，想必「曲狀元」並沒有體會到詩人之心而墮入了皮膚濫淫的惡趣了吧？

賈寶玉在秦氏房裡看到了什麼？

一

《紅樓夢》第五回有一段怪異的場景描寫，令後來的闡釋者頗為詫異。原文如下：

（賈寶玉）剛至房門，便有一股細細的甜香襲人而來。寶玉覺得眼餳骨軟，連說「好香！」入房向壁上看時，有唐伯虎畫的《海棠春睡圖》，兩邊有宋學士秦太虛寫的一副對聯，其聯云：

嫩寒鎖夢因春冷，芳氣襲人是酒香。

案上設著武則天當日鏡室中設的寶鏡，一邊擺著飛燕立著舞過的金盤，盤內盛著安祿山擲過傷了太真乳的木瓜。上面設著壽昌公主於含章殿下臥的榻，懸的是同昌公主制的聯珠帳。寶玉含笑連說：「這裡好！」秦氏笑道：「我這屋子大約神仙也可以住得了。」說著親自展開了西子浣過的紗衾，移了紅娘抱

過的鴛枕。

　　所引文字都在刻畫寶玉的感覺，先寫他進入房間感受到的撲鼻香味，次寫看到的掛在壁上的畫與對聯。如果說唐伯虎與秦太虛還是通過眼睛或者記憶可以感知的資訊，那麼，下面的一段則經不起推敲，基本上可以認定光用眼睛是沒有辦法得知這些資訊的。道理很簡單，秦可卿房間陳設物品不可能如今天的博物館一樣，在其旁邊配上一段文字，說明曾為武則天、趙飛燕、楊玉環、壽昌公主、同昌公主等人所使用，而從上下文來看，這些物品的資訊仍是賈寶玉的眼睛「讀」出來的，而不是作者以局外人的身份作全知敘事。那麼，這裡便有可能遭致後人「失真」的訾議。但另一方面，曹公披閱十載，增刪五次，「字字看來皆是血，十年辛苦不尋常」，不可能留下明顯漏洞。況且，甲戌本於此處有段脂硯齋的墨眉：「曆敘室內陳設，皆寓微意，勿作閒文看也。」和作者交情甚深的脂硯齋忍不住提醒讀者，此處大有深意，並非作者的筆誤而是有意為之。

　　說到《紅樓夢》中陳設日用品之富貴，四十一回品茶攏翠庵也有同樣令人歎為觀止的描寫。妙玉給眾人喝的是一色的官窯脫胎填白蓋碗，給賈母喝茶的杯子是成窯五彩小蓋鐘，給寶釵黛玉的更是晉王愷與宋蘇軾收藏過的茶器珍品，給寶玉用的綠玉鬥，不是她本人「說狂話」，只怕賈寶玉的家裡「未必找的出這麼一個俗器來呢！」

　　讀者往往認為這兩處都是過分的渲染、鋪排以及誇張的細

節描寫，加之脂硯齋又有「勿作閒文看」的提示，遂將此段等同於四十一回妙玉的曾經富貴，進而對秦可卿身世大肆索隱、過度闡釋。若簡單地將兩處文字作簡單對照，可能會忽視作者經營第五回文字所具有的不同匠心。此處與四十一回明顯的區別有兩點：其一，妙玉茶具的來歷都是她親口表明的，而秦可卿房間的陳設，並非由秦氏親口介紹；其二，妙玉的身世，第十八回林之孝已作介紹──出身於讀書仕宦之家。因此，能有這樣的收藏珍品亦不足為奇。但小說對秦氏家庭的介紹，並非一些索隱癖所宣稱的那樣顯貴，而是極為普通──「秦可卿的父親秦業現任營繕郎」。這是一個很小的官：「年近七十，夫人早亡，因當年無兒無女，便向養生堂抱了一個兒子並一個女兒」。

作者也許是害怕後人誤解文學，在小說中一再地暗示假作真時真亦假的觀點，但這依然阻止不了索隱癖們汲汲於從文學中尋找歷史隱秘的熱情。目前，較可接受的說法是這段文字刻畫了秦氏房間的香豔奢靡，側面烘托了秦可卿的溫婉多情。置身於此環境中的寶玉，很自然便開始了青春意識覺醒的旅程，於是便有了隨後的寶玉夢裡和秦可卿繾綣及醒後與襲人初試雲雨情。但如果認為本段所涉典故為不可否認的歷史資訊，則不免自欺欺人了。事實上，即便在這段充滿歷史典故的文字裡，作者也故意安排了史實的錯位與移植，或在善意提醒人們不必一一坐實。此段文字於史無徵或與史實出入較大的至少有以下

幾處：其一，趙飛燕舞過的金盤。宋朝樂史《楊太真外傳》引用《漢成帝內傳》的話說：「漢成帝獲飛燕，身輕欲不勝風。恐其飄翥，帝為造水晶盤，令宮人掌之而歌舞，又制七寶避風臺，間以諸香，安於上，恐其四肢不禁。」杜牧詩有「楚腰纖細掌中輕」句，用的就是趙飛燕善為掌中盤舞的典故。如有人據水晶盤不應為金盤來指斥曹公之誤，恐亦不瞭解作者匠心所在。其二，確實，安祿山和楊貴妃有私。宋高承《事物紀原》卷三「訶子」條云：「本自唐明皇楊貴妃之，以為飾物。貴妃私安祿山，以後頗無禮，因狂悖，指爪傷貴妃胸乳間，遂作訶子之飾以蔽之，事見《唐宋遺史》。」但木瓜傷乳之事，卻是曹雪芹的發明與虛構。其三，作者似乎有意將壽陽公主誤作為壽昌公主。《太平御覽》第三十卷「時序部」引了段《雜五行書》的話，「（南朝）宋武帝女壽陽公主人日（正月初七）臥於含章殿簷下，梅花落於公主額上，成五出花，拂之不去。皇后留之，看得幾時，經三日，洗之乃落。宮女奇其異，竟效之，今梅花妝是也。」短短一段文字，與史實有出入之處竟有數處，其頻率之高令人咋舌，恐非作者學識所限，而是曹公以自身的博洽信手拈來，隨意鋪灑成文。或者，作者對後人手術刀式地寸寸節節、開腸破肚、傷筋動骨對待文本有所警惕，有意在這裡留下幾處與史實不符的文字，再一次提醒讀者欣賞文學作品只需興會神到，而不可以刻舟緣木求之。

此外，後文中寫秦氏「展開了西子浣過的紗衾，移了紅娘

抱過的鴛枕」，只需稍作辨析，其不足採信之處亦不言自明。秦氏房間之陳設豈可全當文物看待？誦詩歌讀小說，不二的法門應具玲瓏活絡的胸次，需要有點靈氣、睿智和一些超越精神。如果事事對號入座、過分地借鑑歷史與實證往往會因頭腦僵化而被人嘲笑和批評。正所謂癡人「不可向之說夢者也」。「不可與說夢者也，亦不足與言詩，惜乎不能勸其毋讀詩也」。明人趙汸說：「按圖索驥者，多失於驪黃」。其意亦大抵相同。

但是，今人很少能從文字的羈絆走出來，以至於牽強附會地聯繫所列人物的貴族身份，力圖索隱出秦可卿的皇族血統。推究此種荒唐說法之根源，依然與無正確的文學解讀方法有關，對於一部深受莊禪影響的作品，讀者卻以歷史與實證解之，因而難以避免方圓枘鑿、憑空附會之弊。賞文學，不可一一坐實，尚須仔細辨虛。雖然文本細讀是品味經典文學作品的良方，但於藝術精神不瞭解的情況下動輒來點微言大義實在經不起推敲。此種做法，正如錢鍾書先生所言，「《紅樓夢》第五回寫秦氏房中陳設，有武則天曾照之寶鏡，安祿山嘗擲之木瓜，經西施浣之紗衾、被紅娘抱之鴛枕等等。倘據此以為作者乃言古植至晉而移、古物入清猶用，歟有神助，或斥其鬼話，則猶『丞相非在夢中，君自在夢中』耳」。

二

若不以歷史真實為考索向度，不妨將上述句子簡化為：案

上設著寶鏡，一邊擺著金盤，盤內盛著木瓜。上面設著臥的榻，懸的是連珠帳。出於特定的目的，文學語言自然也可以博奧桀屈，但依據「隔與不隔」的理論，一般而言，句子中過分用典會對讀者造成閱讀障礙，影響表情達意。曹公不可能不明白過分用典的後果，這裡如此密集的用典，倘若僅是作者遊戲筆墨或有意炫耀知識，未免令人難以信服。

前已述及，此段文字仍為寶玉眼中所見的秦氏房間的陳設品，既然這些陳設品不可能配有專門的文字說明，極有可能是賈寶玉一邊觀看，一邊借助大腦調動相關知識、記憶進行聯想與想像。而這正是佛學裡的一個重要觀念：相由心生。你看到什麼證明你心裡在想什麼。就如傳說中東坡眼中的佛印是一堆牛屎、而佛印眼中的東坡是一尊佛，東坡以為在機鋒上勝過了佛印。殊不知在佛陀看來，「心即是物，物即是心」，你看到什麼是因為你心中有什麼。王守仁所云「心外無物」意與此同。心與物同體，物不能離開心而存在，心也不能離開物存在，故心中有什麼物象眼中就看到什麼物象，這需要有禪悟的功夫才能體會到。惜今人受現實主義與唯物主義觀點影響至深，殊難瞭解古人用筆的絕妙——見物見景實為見心見性。

小說中寶玉以眼觀人，也多遵循相由心生的規律。《紅樓夢》中要說壞人、小人，賈環應算一個。出於無端的嫉妒，他故意推倒蠟油燈想燙瞎賈寶玉的眼睛，即便如此，寶玉還是寬恕、原諒了他。「境緣無好醜，好醜起於心」，境是物質環境，

緣是人事環境，人事環境跟物質環境裡都沒有絕對的是非邪正。是非邪正是自己的念頭，自己念頭正，沒有一樣不正，邪也是正；自己念頭不正，正也變成邪。

明悉此理，或可洞悉此處描寫的妙處，這正是作者的神來之筆，其寫作手法非現實主義、自然主義、浪漫主義等語彙所能囊括。因為此處是在通過眼睛寫心理活動，相當於現代派寫作的技法。這一段或可作如是解：一個十二歲的男孩的眼睛一邊在觀看秦氏的房間，一邊在腦海產生了聯想，武則天、楊太真、趙飛燕、樂昌公主、同昌公主等等便是他聯想的產物，作者以眼寫心，用隱晦的筆法寫出了寶玉的內心感受，用筆曲折之致，並不如通俗作品那樣明白曉暢，故為人誤解也多。

可以說，寶玉在秦氏房間，看到的不僅是現實中的擺設，更是一個十三歲男孩的內心世界。

在這個倦怠的午後，借助著迷離的醉眼，寶玉的潛意識偷偷地竄了出來，這是他內心私密的感受，是伴隨著身體成長與之俱來的孤獨情欲。寶玉也和世人一樣，只能與人分享那個看得見的社會性自我，而那個帶著情欲孤獨的自我，在父母親威嚴的目光下只能夠被深深地壓抑。因為在群體性的文化中，男人被要求塑造為立德立功立言的標準產品，青春期的煩惱與困惑在別人眼中可以被忽略不計。這些潛意識在清醒的狀態及社會性的交往中被深藏在心底，它觸及到了感官、性、隱私這一類被傳統文化視為禁忌的話題，但情欲的折磨與生命的荒涼感

並不會因此消失，它們會因為某一誘因，在大腦管制鬆懈的狀況下奔跑出來，橫亙在那裡，與自己對話。少婦的香閨便是誘發寶玉潛意識的外部條件。曹雪芹大膽地寫了這種潛意識，或者因為當時的主流文化容不下這種驚世駭俗的問題，所以他的用筆隱晦之至。

這裡可能會有兩個疑點：一、曹雪芹的筆法及對人性複雜性的體認會有如此超前嗎？二、小說中寫寶玉接觸禁書乃是搬進大觀園之後，關於這些香豔的故事此前寶玉閱讀過嗎？

《紅樓夢》藝術技巧的超前性，前人論述已多，茲不贅。不妨看看《紅樓夢》第五十六回，瞭解一下曹公寫作手法的不拘一格及對人性複雜性的認識。此回，甄家進京談起甄寶玉與賈寶玉，賈寶玉在睡夢中得遇甄寶玉。初看上去，你還懷疑作者是不是在胡說，甄寶玉在江南金陵，賈寶玉在「長安大都」，二人名字、年齡、相貌、性格、家境完全相同，同屬不愛讀書，愛與姐妹們一起廝混的紈綺公子哥兒。甄、賈兩個寶玉不僅心儀已久，在五十六回裡，兩人還在夢中會過一次面──

　　寶玉聽說，忙說道：「我因找寶玉來到這裡。原來你就是寶玉？」榻上的忙下來拉住：「原來你就是寶玉？這可不是夢裡了。」寶玉道：「這如何是夢？真而又真了。」一語未了，只見人來說：「老爺叫寶玉。」唬得二人皆慌了。一個寶玉就走，一個寶玉便忙叫：「寶

玉快回來，快回來！」

　　這一段文字異常精彩，它寫出了人性普遍分裂與對立的事實，這種觀念即便在今人眼中依然是超前的，即每個人實際上存在著的兩個自我，這兩個自我既相排斥又相互吸引，既渴望有一種對話關係但兩者溝通又顯得如此困難。賈寶玉和甄寶玉都只是寶玉的一半，只是寶玉的兩個自我。賈寶玉對甄寶玉的尋找，表達的是他試圖全面認清自己的深情渴望。這種寫法，在以往的中國文學裡不曾有過，倒是更接近於西方的哲學理念。柏拉圖《會飲篇》對於普遍的人性曾有這樣的表述：宙斯為了削弱人類，把人劈成兩半，人們終其一生，都在尋找自己的「另一半」，因為所有的人都被劈成了兩半，尋找便成為一件異常困難的事，有人可以找到另一半，有人一輩子也找不到。歌德的《浮世德》同樣也寫兩種自我之間的張力，靈與肉的分離、欲望與道德的對峙、情感與理性的衝突讓人們充滿矛盾與焦慮：在我的心中啊／盤踞著兩種精神／這一個想和那一個離分／一個沉溺在強烈的愛欲當中／以固執的官能緊貼凡塵／一個則強要脫離塵世／飛向崇高的先人的靈境／哦，如果空中真有精靈／上天入地縱橫飛行／就請從祥雲瑞靄中降臨／引我向那新鮮而絢爛的生命！同樣，王爾德的《漁夫和他的靈魂》也在寫靈魂的出走，肉體被情感所牽引，靈魂出走後，又試圖回到肉體的困難與痛苦。

曹公在寫兩個寶玉時，用意基本相同。大概用不著懷疑，書中的甄寶玉象徵著「真寶玉」，賈寶玉則象徵著「假寶玉」。「假作真時真亦假，無為有處有還無」，真、假兩個寶玉本來就是一個人，真既是假，賈即是甄，都是作者自己的影子。第二回寫他們都屬離經叛道的異類，但後來兩人發生了分化。作者把立身揚名、立章經濟交給了甄寶玉，明心見性、柔情蜜意留給賈寶玉；言忠言孝、立德立言交給了甄寶玉，洗盡俗腸、超凡入聖留給賈寶玉。這種分裂與對立，象徵著寶玉不同人生向度的搏鬥與交鋒。

對於這部藝術造詣遠遠走在時代前列的作品，周汝昌曾在其《紅樓藝術》一書自序中慨歎：「談《紅樓》藝術，也是近年來時興的題目。在這方面，似乎是從『形象塑造』、『性格刻畫』、『心理描寫』、『語言運用』等等上開講的很多，或者『審美意識特徵』等類的理論文章也不少。……雪芹這位才人情人（即情癡情種之人），……其才之與情，如何交會而發為異彩奇輝，確實不能總是停留在『形象』、『性格』等等流行的小說文藝理論的幾點概念上而無涉於中華文化傳統精華的地步上，滿足於一般性的常聞習見的熟論之中。」周先生所論可謂擊中要害，若僅用幾句套話，搬幾個現成的文學術語，哪能深得紅樓三昧，體味到作者精湛的藝術技巧？

至於第二個問題，寶玉此時是否接觸過這些香豔的作品？有人會舉出反證，第二十三回明確寫茗煙為排遣寶玉的青春期

苦悶，到外面「書坊內，把那古今小說並那飛燕、合德、武則天、楊貴妃的外傳與那傳奇角本買了許多來，引寶玉看」，「寶玉何曾見過這些書，一看見了便如得了珍寶。」若寶玉只是在搬進大觀園後才接觸到此類作品，則上文將這一段解說為其心理聯想說難以不通。

但小說本為真假掺半的藝術，不可盡以歷史觀之。倒是第四十二回，寶釵在做黛玉思想工作時，推心置腹說了真話：

> 「你當我是誰，我也是個淘氣的，從小七八歲上也夠個人纏的。我們家也算是個讀書人家，祖父手裡也愛藏書。先時人口多，姊妹弟兄都在一處，都怕看正經書。弟兄們也有愛詩的，也有愛詞的，諸如這些『西廂』、『琵琶』以及『元人百種』，無所不有。他們是偷背著我們看，我們卻也偷背著他們看。後來大人知道了，打的打，罵的罵，燒的燒，才丟開了。」

黛玉之所以被寶釵感動，原因就在這一席話，如果寶釵揮動道德大棒對黛玉進行道德專政，何以能服黛玉之心？但她開誠布公地交待自己也看到那些東西，後來迫於外在的壓力而放棄就令黛玉無話可說了。試想，薛家與賈家均為詩禮簪纓之族，高居金字塔頂端，薛家能看到的閒書賈家豈能沒有？以寶釵那種修身的工夫尚且浸潤其中，以賈璉、賈珍等人性格，豈

能不讀？而寶玉耳濡目染，豈能不知？要不然，他何以稱為「腹內原來草莽」？又何以年紀輕輕便知龍陽之風？退一步說，即便他沒有讀過這些野史外傳，但至少於此亦有耳聞，故睹一少婦房間而產生諸多關於古代美女的聯想。

三

　　很明顯，第五回在寫被儒家文化所壓抑的東西，寫十三歲男孩的精神世界，寫他成長過程中生理的欲望與對道德的反叛。儒家要談君君、臣臣、父父、子子這些道德範疇，但小說接下來的寫賈寶玉的幽夢與春夢，這已經進入了以佛洛伊德為代表的現代心理學領域。賈寶玉在夢中跨越了儒家倫理的設防，顛覆了一個現實的道德世界，與侄媳秦可卿在夢中有了一次亂倫之舉，這可是儒家文化防不勝防的領域，一如杜寶夫婦可以禁錮杜麗娘的外在行為，但青春期的心理哪裡鎖得住封得住呢？哪怕只是一次不經意的後花園遊玩，生理性的本我馬上就被誘發出來遮蔽了社會性的超我，引發一段曠世的驚夢。杜麗娘的夢與賈寶玉的夢一樣，都是一場幽夢，春夢。在那一刻，所有儒家的說教都蒼白無力，陳最良依毛詩解釋「關關雎鳩，在河之洲。窈窕淑女，君子好逑」為后妃之德，而杜麗娘分明從中讀出了異樣的內容。她在反叛傳統的大而無當的教育方式，這個大門不出二門不邁的少女從身體的變化裡感到了老師說教中的偽飾與遮遮掩掩。

相比杜麗娘，寶玉算不得一個好孩子。他行為偏僻性乖張，抓周只抓釵環首飾，從小就愛吃女孩嘴上的胭脂，父親逼著他讀四書五經，但他卻最不喜讀這些道德文章。賈政不知道兒子心中在想什麼，平時在閱讀什麼。王夫人更不知道這個禍根孽胎、混世魔王的所作所為。她揮掌怒斥金釧兒與寶玉調情，令金釧又羞又愧，跳井自殺；害怕晴雯勾引兒子，趕走晴雯致使其病死。但她卻不知道最危險的人根本不是金釧兒、晴雯這些大觀園的丫鬟姐妹，而是寶玉內心隱蔽的另一個自己。很明顯，賈寶玉、杜麗娘在父母面前實際上非常孤獨，他們的父母不可能走進子女的內心世界，因而不可能與下一代構成對話關係。在傳統文化裡，親子教育的最大的障礙之一便是父母不願面對子女身體發育的事實，也不願思考如何緩解身體與大腦之間的緊張關係。

另一方面，儒家的教科書也不會去觸及這曖昧的地帶，只是用聖賢的言語規訓發育中的身體與蓬勃生成的激情。在兒童發蒙的《弟子規》裡，就會有「非聖書、屏勿視、蔽聰明、壞心志」等禁止性話語。同樣的，孔子的話也讓人不寒而慄：「少年之時，戒之在色」，「吾未見好德如好色者也」。孔子的青少年時代是否也如同賈寶玉的十三歲一樣處於身體變化與心智發育的對峙中，我們不得而知。但我們寧可相信這些話部分出自孔子自己的成長經驗，相信他也曾面臨著身體變化帶來的焦慮與不安，而不是僅從別人身上總結出來的教訓。

平心而論，儒家教育其實有一套非常完備的體系。可無不遺憾的是，先賢告訴你應該怎樣，但對為什麼要這樣卻語焉不詳。《論語・述而》有言：「立於道，據於德，依於仁，遊於藝。」在開始學習各種技藝（包括文學）之前，先得打好堅實的基礎。張之洞《書目答問》末附清代學者《姓名略》，開首便說：「由小學入經學者，其經學可信；由經學入史學者，其史學可信；……也強調讀書的門徑，先有小學、次有經學、再次史學，然後才是詞章之學即文學『以經學、史學兼詞章者，其詞章有用』，說得是讀書的次第，先要讀經、讀史，最後方能讀文學作品。古代對讀書門徑的強調體現了道德優先的主張及精神成人的思想，包含著豐富的人生智慧。文學作品之好，只有在有了很高的道德素養與文化修養後才能體會到。就像《金瓶梅》是一部不朽的著作，但沒有哪一所中小學敢把他拿去作教材一樣。而中小學生大多也只會粗略流覽其淫穢情節，過早地接觸這類作品恐會引發災難的後果。如果次序讀反了，事先接觸了大量的懷才不遇、屈居人下、不平則鳴的詩篇及太多蜜約偷期、花前月下、男女歡愛的作品，心靈或許已染上了一絲怨氣與邪氣，事後若想祛除，恐怕不易了，日後，就算有成，也難免落得文人無行的評價。這也是寶釵要表達的意思：

　　「男人們讀書不明理，尚且不如不讀書的好，……男
　　人們讀書明理，輔國治民，這便好了。只是如今並不

聽見有這樣的人，讀了書倒更壞了。這是書誤了他，可惜他也把書糟蹋了，所以竟不如耕種買賣，倒沒有什麼大害處。你我只該做些針黹紡織的事才是，偏又認得了字，既認得了字，不過揀那正經的看也罷了，最怕見了些雜書，移了性情，就不可救了。」

這些教訓無疑是正確的，青春的激情若不加導引往往會帶來危險的後果。如果寶玉就是曹公自身的形象的話，晚年的作者對當年的行為並非全盤認可，還是帶著遺憾、懺悔與愧疚之情。他感歎自己「背父兄教育之恩，負師友規談之德，以致今日一技無成、半生潦倒」。《紅樓夢》第十五回在秦可卿出殯的路上，北靜王水溶也曾對寶玉有一番評價，除了說他「雛鳳清於老鳳聲」之外，水溶對寶玉的未來也有所擔心：

「只是一件，令郎如是資質，想老太夫人，夫人輩自然鍾愛極矣，但吾輩後生，甚不宜鍾溺，鍾溺則未免荒失學業。」

他以自己成長經歷中所遭受的失敗與挫折告誡賈政，其言語令人感動：「昔小王曾蹈此轍，想令郎亦未必不如是也。」只可惜，賈政並未送寶玉去北靜王處念書，水溶也無緣與寶玉分享青春期成長的相關經驗。

問題就出在這裡：青春期的危險大家都可以注意到了，可如何平穩地度過青春期，父子之間、師生之間如何交流與對話，如何告訴寶玉瞭解自己的身體及那些危險的思想，儒家的教科書上沒有直說，賈政沒有說，王夫人沒有說，賈代儒也沒有說。

胡適：現代完人還是化了妝的撒旦？

　　胡適，是中國近現代史上最具有影響力的思想家和文學家之一，在文學、哲學、史學等諸多領域都有開創性的貢獻。譽之者將其視為白璧無瑕的現代聖人，直可與孔子、顏回、程朱等人比肩，胡逝世時，整理遺物，除了書籍、手稿外，他的餘款只有一五三美元，蔣給他送的輓聯是：「新文化中舊道德的楷模，舊倫理中新思想的師表」，一時流傳甚廣。

　　李敖卻不吃這一套，就在胡適逝世的那一年，他在臺北《文星》雜誌上發表擲地有聲的文章《播種者胡適》，有節制地扯下胡適清高聖人背後的偽裝：「但他的熱情絕不過度，熱情的上限是中國士大夫，下限是英國紳士。他在講課時，天冷了，看到女學生坐在窗邊，他會走下講臺親自為女弟子關窗戶，這是他的體貼處，但當女學生瘋狂地追他時，他絕不會動心，他在給張慰慈的扇子上寫著：『愛情的代價是痛苦，愛情的方法是要忍住痛苦。』」。李敖，慣於依紅偎翠，聲色犬馬，他知道男性的弱點，不相信這個世上有清教徒，也不相信聖人是特殊材料做成的，他的筆調還原了作為聖人的胡適情感世界

　此心安處是吾鄉

的冰山一角。

> 也想不相思，可免相思苦；幾次細思量，情願相思
> 苦。

不要以為這詩是納蘭性德或者蘇曼殊的，作者是胡適，內容與格調都像納蘭容若的「情到濃時情轉薄，而今真個悔多情」。風度翩翩、博學多才的胡適並沒有讓自己的心成為一口枯井，他情感的細膩溫婉一面完全呈現出來，在那些大談問題與主義的高頭講章之外，豐富他作為平常人的側面與細節。

半個世紀過後，關於胡適五彩繽紛情感世界的資料大量面世。原配江冬秀的妒悍可直追古希臘智者蘇格拉底的夫人，她纏過腳、識字不多、能幹、細心、個性強，胡適和這樣的女人生活一輩子要不紅杏出牆才怪。據說，胡適的情人隊伍裡，有韋蓮司（Edith C. Williams）、曹誠英、陳衡哲（還有人說有陸小曼）、洛維茨（Roberta Lowitz，此女後來成為胡適的老師、哲學家杜威的續弦）和美國女護士哈德曼（Virginia Davis Hartman），可謂環肥燕瘦，東西兼收，還要加一點，老少通吃。韋蓮司比胡適大六歲，被人們嘲笑為「當今姐弟戀的祖師」，不過，胡適可擔不起，真正的祖師是元稹，他與薛濤纏綿時，薛濤大他十一歲。姐弟戀都沒有好下場，薛後來披上了道袍，韋蓮司終生未嫁。

美國印第安那州德堡（DePauw）大學的江勇振寫過一本書：《星星・月亮・太陽：胡適的情感世界》，他形容胡適如同太陽，江冬秀、韋蓮司和曹誠英則是三個月亮，其他和胡適有緋聞的女人都是星星。曹誠英小胡十一歲，是胡適三嫂的妹妹，一九一七年胡適和江冬秀結婚時，曹當伴娘。沒想到六年後的一九二二年，胡適愛上了當時的伴娘，並在杭州西湖畔熱戀、同居。當胡適向江冬秀提出離婚要求，江冬秀沖進廚房拿起菜刀威脅胡適要把她和胡適所生的兩個兒子（祖望、思杜）殺掉，並大罵曹是狐狸精，還把曹照片撕掉，將一向主張怕太太（PTT）的胡適嚇壞了，再也不敢提離婚之事，不過，此後兩人仍藕斷絲連，舊情不斷。

　　胡適讀《聊齋》，曾評價：「蒲松齡那樣注意怕老婆的故事，那樣賣力氣敘述悍婦的故事，免不得叫人疑心他自己的婚姻生活也許很不快樂，也許他自己就是吃過悍婦的苦痛的人。」不過，他錯了。蒲大師的妻子劉氏賢慧溫良，與大師過了一輩子同甘共苦的互助生活。倒是他自己的婚姻生活相當不幸。胡博士曾打算寫一部中國懼內史，怕是與自己的季常之癖有關吧。家有河東獅，無理蠻纏，胡博士沒辦法，只好把痛苦變為文字，發抒一二，可惜沒寫成。

　　曹誠英是胡適眾多情人中用情最深命運最苦的一個，愛而不得之後她還一度想出家做尼姑。私底下她稱胡適為「糜哥」（胡原名嗣糜）。她在一九二五年七月八日寫給胡適的情書說：

「糜哥，在這裡讓我喊一聲親愛的，以後我將規矩的說話了。糜哥，我愛你，刻骨的愛你。我回家之後，仍像現在一樣的愛你，請你放心。」

近年又傳出來了晚年胡適還有一個秘密情人。

史學家唐德剛私下評價胡適，不愛錢，但有點好色。大概也符合人之常情，倒底是舊時代過來的士大夫，姬妾環繞，有福消受也不失風流快活，但我並不相信六十六歲的胡適還能做出什麼出格的舉動，止於異性間的吸引與欣賞而已。

胡適一九五八年回到臺北，結束了紐約的寓公生涯。胡時年六十六歲，經常有記者採訪，並以能採訪到胡博士為榮。眾多圍繞胡適的女記者中，長相甜美、漂亮的所謂「中央日報」女記者李青來成為了他的紅顏知己，她是胡適生前的最後一顆星。當時，李青來、謝寶珠、楊秀瓊和嚴洵又被稱為新聞界「四大花旦」，她們都愛打扮，追求時髦，據見過李的人描述，李天生麗質，秉性和善，生就一副俗稱「豌豆」型美目，似笑非笑，引人好感。胡適非常欣賞她的文筆。李青來有白髮，但每次探望胡適之前都化妝，焗黑油。胡先生見她之前也化妝、梳頭、擦面油、修指甲。這是戀愛中人才能體會到的況味。

但胡李之戀可能更多在精神層面，並非時人所稱有任何越軌舉動，「色授魂與」恐多於「顛倒衣裳」，一個暮年老人欣賞一個青春生命滋味是複雜的，可能有遺憾有無奈有補償有回憶，這都正常，別盡往齷齪處想。一九六二年二月二十四日，

胡適在「中研院」蔡元培紀念館招待院士酒會上發表談話時因激動而倒地猝死。李青來看到胡適倒下，馬上沖過去抱住他。

就這一點，居然成為了他們的罪證，未免量刑過重了。

慰情三帖

一　上帝不在服務區

　　明代才女黃蛾曾給貶謫雲南的丈夫楊慎寫信，傾訴兩地別離之苦，一語奇絕：「費長房縮不盡相思地，女媧氏補不完離恨天。」語出明末陳繼儒的《小窗幽記》。費長房《後漢書》有載，說他有縮地術，一日之間可出現在千里之外的不同地點。女媧補天，世人盡知。但黃氏反其意而用之，縮不盡，補不完，想見何等傷痛欲絕。

　　有過繡衾香暖，不能習慣翠被生寒，歷過春風桃李，便受不了秋雨梧桐，想到孤身去國三千里的丈夫，現實無奈，碧草連天，年年不放阮郎歸，她的萬千心事只能依靠紅葉傳詩。上帝不過打了個盹，造成兩地分離，佳人才子尚且寫盡斷腸詩句，淚浸胭脂。若是上帝不在服務區，黃鶴人杳，從此蕭郎是路人，不知又會怎樣痛徹心扉？

　　清人尤侗的《艮齋雜說》載內江一女子，「自矜才色，不輕許人」，後來讀到湯顯祖《牡丹亭》，悅之，徑造西湖訪焉，

願奉箕帚。湯顯祖已垂垂老矣，謝絕了這份好意。女子不信，非得約好一見。一天湯顯祖在湖上請客，女子終於看到日思夜想的偶像，原來是一拄著拐杖、頭髮斑白的老翁。女子長歎一聲：「吾生平慕一才子，將托終身。今老醜若此，此固命也。」遂投水而死。

所謂「落花有意，流水無情」，所謂「相見恨晚，造化弄人」，所謂「飛蛾投火，奮不顧身」，對於一個以愛情為靈魂的女子來說，愛情沒有了，靈魂沒有了，生命也失去了意義，她為愛而生為愛而死，是性情中人，不隨便不俯就不湊合，然而命運發生了錯位，她的執著深深打動著後人。她投水而死，濺起潔白的浪花洗滌了這個污濁不堪的塵世。

湯顯祖推崇至情，筆底道盡武陵溪畔的柔情蜜意。當真實的傳奇上演，風燭殘年的湯顯祖面前，是否時不時閃現那幽怨的目光，想到那綿綿不絕的遺憾？他的心中，是否也如至尊寶一樣，永遠裝著紫霞的一滴眼淚？

二〇一一年，四十一歲的超級剩女劉若英終於將自己嫁出去了，嫁給一個商人。

劉若英又唱歌，又演戲，又寫作，當世罕見的才女。她的癡情與苦戀更讓人不勝唏噓。一九九一年，二十一歲的劉若英到三十一歲的音樂人陳昇的工作室擔任助理，年深月久，純潔的師徒情誼漸漸釀造成淒迷的忘年戀。對劉若英，這種感情遭遇太過殘酷無情，還沒戀愛就失戀了。陳昇已有妻兒。不知經

歷過多少獨上空樓望殘春，寂寞吟罷淚沾襟，不知有過多少「桃根桃葉無人問、丁字簾眼是斷橋」的感歎，為情所困的劉若英將幽怨的心事化作一首首溫婉淡雅哀而不傷的歌曲。

請允許我塵埃落定／用沉默埋葬了過去／滿身風雨我從海上來／才隱居在這沙漠裡／該隱瞞的事總清晰／千言萬語只能無語／愛是天時地利的迷信／喔，原來你也在這裡／啊，那一個人是不是只存在夢境裡／為什麼我用盡全身力氣／卻換來半生回憶／若不是你渴望眼睛／若不是我救贖心情／在千山萬水人海相遇／喔，原來你也在這裡。

姚謙作的詞化用了張愛玲的作品，那個沒有早一步沒有晚一步的相遇像偶然一見的流星雨一般可遇不可求，被錯位的劉若英唱來，任是鐵石心腸也會動容。

愛是天時地利的迷信，婚姻是種種現實計算後的折中方案。劉若英嫁出去了。也許有一天，她會從夢中驚醒，問上帝，你為什麼不在服務區？

二　舊時天氣舊時衣

　　天涼了。冷空氣南襲，好多地方下雪了，風吹在身上，涼颼颼的。不似周邦彥暮春時節「正單衣試酒，恨客裡，光陰虛擲」的感傷，亦不似王實甫「晚妝樓上杏花殘，猶自怯衣單」的纏綿，早晚之間，卻分明是馮延巳「風入羅衣貼體寒」的真實再現。人們都說，深秋了，該添衣服了。篋笥找尋舊衣，忽地冒出一篇散文標題：沒有我你冷不冷？

　　吃了一周的螃蟹。當向外馳求奔競的心回歸自我，回歸寧靜，詩意與唯美便會呈現，痛飲豪吃也會被描述成「帶露摘黃菊，和露烹紫蟹，煮酒燒紅葉」這般精美的文字。幾百上千年，衣食住行的生活並沒有多少變化，變化了的是心靈與文化。還是陳隋花柳，還是秦淮岸邊，萬古長空，一朝風月，詩就在我們身邊，不過，人們心中沒有了齊梁詞賦，沒有了詩意感受及表達能力。習慣於紅豆輕拋的現代人太浮躁太直接太功利了。喜延明月常開戶，貪對春山不下樓，舊時士人有著多豐富多敏銳的心靈世界呵。

　　我相信語言才是懷舊的九曲橋，通向那一灣淡淡的鄉愁，通向流金歲月，通向江南庭院，也通向邊城黃昏。「紅塵不向門前惹，綠樹偏宜屋角遮，青山正補牆東缺」，馬致遠三言兩語的刻畫勝得過今天所有房地產商的文案。經濟也好，科技也好，建築史也罷，景觀設計也罷，環藝專業也罷，到底都是花

裡胡哨的名詞和五光十色的外衣，真正的礦產還在那些發黃的舊書裡。衣唯新，書唯新，人也唯新，我們太與時俱進了，太快的生活讓人們來不及聽自己內心的聲音。雲淡風輕聽梵語，靜思禪慧洗俗塵，有靜心方有慧眼，煩惱才能轉為智慧，塵垢才能化為清涼，沒有心靈的清淨與覺醒，怎會有闊朗高軒？

　　想著回到幾年前的香港，找到那個作為曾經背包客的自己，再走一走城大迷宮般的建築，對著電腦疲勞時，沖一杯清茶，或者到後山閒步十來分鐘，呼吸幾口新鮮空氣。懷念在維多利亞港吹海風的日子，懷念在九龍公園的小山上跑步鍛鍊的夜晚，懷念漫步旺角街頭尋找二樓書店的時光，懷念每週在天后廟的燈光球場上與別人打籃球至深夜十一點的日子……曾經激昂奮發的思緒漸漸平和，生命中的過往慢慢風乾，現在已不復有彼時的生命情懷，時光在凝眸舒眉間劃過，任塵世在寧靜閒適中漾開，無憂無念，舊時天氣舊時衣，只有情懷，不似舊家時……

　　給學生講寶黛吵架，講賈母讓寶黛兩人潸然淚下的開示：冤家。冤家來自民間，充滿著民間智慧，但又不無道理，有些人是你幾世都在等待的人，終於在此生的路旁相遇了，是宿命的安排，不被料到的安排，逃不開也躲不過，此生一定會相遇相愛然後糾結糾纏，彼此折磨彼此傷害。兩人之間又充滿著那麼多瑣碎的錯誤與爭吵，最後終於慢慢地隔開，直到所有的悲歡都已成灰燼後，才明白，冤家原來是笑過哭過甜蜜過悲傷過

後，沒有一條道路容得下他們攜手前行。不由得想起席慕蓉的詩篇：

> 人若能轉世，世間若真有輪迴，那麼，我愛，我們前生曾經是什麼？
> 你若曾是江南採蓮的女子，我必是你皓腕下錯過的那一朵。
> 你若曾是那個翹課的頑童，我必是從你袋中掉落的那顆嶄新的彈珠，在路旁草叢裡，目送你毫不知情地遠去。
> 你若曾是面壁的高僧，我必是殿前的那一炷香，焚燒著，陪伴過你一段靜穆的時光。
> 因此，今生相逢，總覺得有些前緣未盡，卻又很恍惚，無法仔細地去分辨，無法一一地向你說出……

三　鶯鶯的秋波，紅娘的寂寞

欲閒不得閒，忙完了手頭的一些事後，回歸養魚、普洱、看花、聽曲。閱讀一些書，腦中冒出很多寫作的想法，一會想寫現代學術體制下的文學研究根本誤區，一會想寫三十年央視春晚戲曲節目折射的時代精神變遷，一會想寫用業餘化對搞專業主義潮流，有時又想寫錢鍾書為胡喬木改詩，對比周作人為周佛海改詩，一會又想寫被後人誤解的阿多諾……可終歸一篇也沒有寫下來，慵坐終日，打打球，散散步，醉過兩次，打發

時日。

　　清明期間，到中大開學術年會，見到學界大佬們。英國有本《小世界》，講學術界也有追星族，成天追學術牛人，開會，討論，住在賓館裡就談學界大佬們的花邊新聞。尚未成名的青年學人愛這一套，全世界都是這樣。開會那天，主持人對著與會者介紹，這些先生們你們不是想見就見得著的。頓時，有點小厭惡。才重溫了一遍《儒林外史》，各種頭巾、酸腐湧上心頭。體制化的學術等級森嚴，胡文輝的《現代學林點將錄》用在當代更好，一〇八將，天魁星，天煞星，天孤星、天狼星……不是誰都可以坐在虎皮椅上的。

　　沒能免俗，會間與幾位境外的漢學家合了影。第二天小組發言後，某主持人提起國內學人與田仲的論戰，義憤填膺，本次年會因之具有很強的娛樂色彩。文人相輕，可以是楊樹達似的，稱郭沫若的文字學錯舛頗多，也可以是郭沫若似的，稱觀堂學問值得商榷之處不少，還可以是陳寅恪似的，稱「今日之談中國古代哲學者，大抵即談其今日自身之哲學者也；所著之中國哲學史者，即其今日自身之哲學史者也。其言論愈有條理統系，則去古人學說之真相愈遠；此弊至今日之談墨學而極矣」……不過，最好還是如沈從文，謙恭自牧，談起自己為何做起了學術研究，總說以前寫過一些「不三不四的小說」，於國於家無補，而這些不三不四的小說，我們知道，那是如雷貫耳的湘西系列，它們撐起了今天鳳凰的旅遊產業。

下雨天，跑去看蘇崑的《西廂記》。崑曲真回潮了，觀眾不少，見到了很多武大的教授，還有很多年輕人，經過近幾年崑曲啟蒙，大家聽曲熱情高漲，社會似乎慢慢優雅起來了──康生真懂戲曲，俞平伯的曲社不寂寞了。

　　蘇崑的《西廂記》，非王實甫的《北西廂》，乃李日華的《南西廂》。演出了《遊殿》《跳牆》《佳期》《拷紅》數折。不久前正好在《讀書》上看了一篇文章《鶯鶯的秋波公案》，寫得極妙。

　　落魄張生路過蒲州，偶至普救寺一遊，偏偏就在佛殿撞見崔鶯鶯。張生第一反應是：「呀！正撞著五百年前風流業冤！」他「眼花繚亂口難言，魂靈兒飛在半天」，一邊搜腸刮肚地唱讚眼前的神仙姐姐，一邊說著「我死也」的瘋癲話。就這麼一個照面，張生已經悲劇性地預感到「空著我透骨髓相思病染，怎當他臨去秋波那一轉」。

　　「怎當他臨去秋波那一轉」非常重要。如果鶯鶯冷若冰霜，縱使她豔如桃李，張生對他也只能是單戀，自我折磨。好在相國小姐鶯鶯臨去時的顧盼之意，盡在不言之中。張生也真好眼力、解風情，捕捉到了這一轉秋波的無言鼓勵。難怪晚明行銷一時的容與堂刻本《李卓吾先生批評北西廂記》批道：「張生也不是俗人，鑑賞家！鑑賞家！」

　　臨去秋波一轉，不能太過，太過就成花癡，與相國家風相去太遠，蘇崑第一出不好也在這裡。崔鶯鶯來來回回一次次偷

看張生，非得紅娘拿手遮住視線，舞臺上固然可達到令人捧腹的效果，但戀愛中怦然心動又羞澀自尊的感覺沒有了，相國小姐不會是鬧樊樓多情的周勝仙，更不是坐在寶馬里哭不知羞恥為何物的拜金女，應是欲說還休、嬌羞不勝的貴族小姐，若用古詩詞作比，易安的「見客入來，襪剗金釵溜。和羞走，倚門回首，卻把青梅嗅」，稍稍近之，萬千心思，都在這一串動作裡。蘇昆的演出讓人誤以為是當代人在談戀愛，直白少含蓄，不好。

《南西廂》的惡俗不少，為人詬病亦多，比如琴童的科諢。

有一點我卻喜歡，《佳期》裡，張生與鶯鶯成就好事，將紅娘關在門外，紅娘唱了一段：「……如今兩個攜手兒竟自去了。更不管紅娘在門兒外待。我無端春興倩誰排。只得咬定羅衫耐。……」鶯鶯小姐，你可知道紅娘的春情，你是喜得佳偶了，可紅娘的無端春興倩誰排？作為一個實際年齡可能大於鶯鶯的女青年，紅娘的情感世界事實上被人們有意無意地忽略了，她難道就沒有情感渴望？

好像是日本學者寫過一篇論文，分析紅娘為什麼熱衷於撮合張與崔的姻緣，原因在於紅娘也看上了張生。按照古制，紅娘可以作為陪房，再掙個通房丫頭，再姨娘，一如襲人之於寶玉。這種習俗，西方也有，《聖經》中亞伯蘭的夫人莎萊不育，她便動員丈夫娶了自己的婢女夏甲。

用民俗學、心理學與社會學的方法解析，就說通了。

才女徹夜無眠

一

　　林黛玉寫《秋窗風雨夕》的那個夜晚，本已淒淒慘慘，寶玉雨夜前來，她先笑寶玉像漁翁，後又失言自己成漁婆，寶玉走後，

> 黛玉自在枕上感念寶釵，一時又羨他有母兄，一面又想寶玉雖素習和睦，終有嫌疑。又聽見窗外竹梢蕉葉之上，雨聲漸瀝，清寒透幕，不覺又滴下淚來。直到四更將闌，方漸漸的睡了。

　　世人只知道欣賞好詩美文，哪知道這些錦繡詩文害得才女患上了神經衰弱症？黛玉幾乎整夜整夜失眠，人憔悴成什麼樣子不敢想像。妙在小說不具體寫絳珠仙子的具體模樣，只用中國人慣常的寫意水墨處理——「山色有無中」。

　　好詩佳文誕生在深夜裡的不少，蘇軾「夜飲東坡醒復醉，

歸來彷彿三更」「何夜無月？何處無竹柏？但少閒人如吾兩人者耳」均是。毛澤東也是有名的夜貓子，多少宏文巨論絕妙好詩在別人的鼻息如雷聲中流淌於筆端。一九五八年七月一日，他給胡喬木寫信：「……睡不著覺，寫了兩首宣傳詩，為滅血吸蟲而作。請你同《人民日報》文藝組同志商量一下，看可用否？……」才女不眠，才子也好不到哪裡去。

二

臺灣文哲所胡曉真教授，研究清初女性彈詞，書名取得真有詩意——《才女徹夜未眠》。陳寅恪晚年一腔幽憤，窮十年歲月，燃脂暝寫，著成《論再生緣》及八十萬言的《柳如是別傳》，自謂「留命任教加白眼，著書唯剩頌紅妝」，陳老對「放誕多情」，「罕見之獨立的女子」柳如是青眼有加，感時傷世，不免加入了諸多逾越學術規範的情緒。後來，在古籍裡睹柳如是寫真，中人之姿而已。曉真教授受美式學風薰陶，娓娓道來，讀起來很是暢快，文筆出奇地好，討論女性的閱讀、書寫、出版與自我心靈世界中的私密欲望入木三分。

見面不如聞名，才女們，長相平平者居多。古人說「見閨中識字者如見不詳」，怕她們的筆調哀激刻削，不留元氣，一旦奔迸呼號，盡情宣洩，便落下了不詳不壽之兆。「春風暗褪荼蘼半，蛺蝶無情尚殉花」，作者葛秀英，享年十九。「殉花」都用上了，豈是吉兆？「煙暗長堤翠染磯，沿河瘦草雨霏微。

東風一夜吹春去，哪許楊花不亂飛？」草瘦雨微，楊花狂飛，將春寫得如此淒響激起的，是號稱「吟閨二傑」的靜庵女史，死年亦只十九。

三

《紅樓夢》第三十七回，才子才女們詠白海棠，點了一支易燃的「夢甜香」，黛玉故弄玄虛，讓眾人都寫了，方提筆一揮而就，擲與眾人——

半卷湘簾半掩門，碾冰為土玉為盆。偷來梨蕊三分白，借得梅花一縷魂。月窟仙人縫縞袂，秋閨怨女拭啼痕。嬌羞默默同誰訴？倦倚西風夜已昏。

眾人都道這首為上，守寡的李宮裁卻說，論風流別致，這首是好的，但要論含蓄渾厚，還是寶釵的好。寶釵的這首是：

珍重芳姿畫掩門，自攜手甕灌苔盆。胭脂洗出秋階影，冰雪招來露砌魂。淡極始知花更豔，愁多焉得玉無痕。欲償白帝憑清潔，不語婷婷日又昏。

黛玉的「借魂」「秋怨」「嬌羞」「倦倚」，咽泉零雨，哀豔清響，自非壽徵，李執力排眾議，源於她有過悲痛的經歷，

她看出了一些不祥之意。

　　古今第一才女，非李清照莫屬，她文詞絕妙，鬼斧神工，前無古人，後無來者，被尊為婉約宗主。她一上來便是睥睨一切、橫掃六合的氣勢，評說歐、晏、柳、蘇諸人我都讚成，評秦少遊未免過於尖酸刻薄，有如魯迅，大損陰德：「譬如貧家美女，雖極妍麗豐逸，而終乏富貴態。」誰不知道你是李格非的女兒，誰不知道你公公是宰相，至於這樣嗎？貧家美女自有小家碧玉風姿，論文化，自是不及大家閨秀，若論小麥般健康的膚色，人性中本具的純真，未加雕飾的面龐，豈是富家小姐可比？

　　佛家說，人尖刻，損福報，命不會好。果然易安居士遭家國敗亡之痛，晚年又遇騙婚，當年的富家女過元旦，連門都不敢出「怕見夜間出去，不如向，簾兒底下，聽人笑語」。元宵金吾不禁，徹夜狂歡，這樣不眠的夜晚，白髮如銀、紅顏似槁的李清照如何度過呢？

四

　　有一類作品只屬於文學院師生閱讀的物件，伍爾芙夫人就屬於這一類。她的側面相好看，宛如希臘雕塑，正面看去，普通中年婦人。讀她的作品很吃力，小說全是詩的語言，勞神費力，不光累了讀者，也累了自己。據說她寫完一部小說往往心力崩潰，神志紊亂，總要修養一段日子心情才平靜下來。

董橋說：「細心推敲她筆底的處處靈犀，我也隱約感受到她的焦慮她的躊躇，一字一句絕不馬虎。她的作品氣韻很荒寒，彷彿茫茫雪地上的幾株枯樹，遠看絕望，近看倔強，再看孤傲；養一養神翻開下一頁，冷風中她懷抱的永遠是篝火餘燼的一念之慾，不是紅塵的眷戀不是愛恨的執著，是她一次又一次的夢醒。我於是不再計較伍爾芙作品的鋪陳了：我只管閱讀她的句子，一句接一句慢慢讀，最後讀出的內心獨白竟是我的獨白不是她的獨白。」

董先生讀的是原版，我唯讀得懂漢語，感到意識流都是在攪漿糊，只有硬著頭皮看。

伍爾芙有嚴重的抑鬱症，最後在自己的口袋裡裝滿石頭沉河自盡，那條帶走伍爾芙的河叫歐塞河（River Ouse）。和天才做朋友是幸福的，和天才做家屬真的苦不堪言。伍爾芙夫人最後給先生留下了一封信——

親愛的：

我感到我一定又要發狂了。我覺得我們無法再一次經受那種可怕的時刻。而且這一次我也不會再痊癒。我開始聽見種種幻聲，我的心神無法集中。因此我就要採取那種看來算是最恰當的行動。你已給予我最大可能的幸福。你在每一個方面都做到了任何人所能做到的一切。我相信，在這種可怕的疾病來臨之前，沒有

哪兩個人能像我們這樣幸福。我無力再奮鬥下去了。我知道我是在糟蹋你的生命；沒有我，你才能工作。我知道，事情就是如此。你看，我連這張字條也寫不好。我也不能看書。我要說的是：我生活中的全部幸福都歸功於你。你對我一直十分耐心，你是難以置信地善良。這一點，我要說──人人也都知道。假如還有任何人能挽救我，那也只有你了。現在，一切都離我而去，剩下的只有確信你的善良。我不能再繼續糟蹋你的生命。我相信，再沒有哪兩個人像我們在一起時這樣幸福。

──維吉尼亞·伍爾芙

　　英國紳士伍爾芙的先生一直生活在夫人的光環下，後來還要忍受漫長的無性的生活，他無怨無悔，到處找醫生給敏感得類於神經質的妻子治病。他始終不離不棄，這一點，伍爾芙的先生像一個深信因果、信命認命的佛教徒。

生怕情多累美人

一

　　中國寫文字的，都知道用情不可太深，下筆不可耽溺。情深不壽。李商隱、秦觀、納蘭容若，近一點的蘇曼殊、徐志摩，大抵如此，筆記記載中的馮小青，虛構人物如林黛玉莫不如是。

　　美到極致，美則美矣，雖風流蘊藉，但情不加抑制，不能以理節情，骨格便弱，詩情一瀉千里，如人之一病不起，病中美人，美歸美，但病還是病。一代詩僧蘇曼殊有詩：

　　玉砌孤行夜有聲，美人淚眼尚分明。莫愁此夕情何限？指點荒煙鎖石城。生天成佛我何能？幽夢無憑恨不勝。多謝劉三問消息，尚留微命作詩僧。

　　蘇曼殊三十五歲便與世長辭，升天成佛不可能，對此他有自知之明。他只能作一輩子徘徊在俗世與僧門、行跡放浪於形

骸之外，意志沉湎於情欲之間的情僧。

人平不語，水準不流。

真要四大皆空，也不會寫字了，連話都不想說了。同是寫作，作者之間還有區別。《儒林外史》中的杜少卿，一般以為，實為夫子自況，原型便是作者吳敬梓。按世俗標準，杜一無是處，花錢如流水，「和尚、道士、工匠、花子，都拉著相與，卻不肯相與一個正經人」，極像大觀園裡的賈二爺，最怕祿蠹國賊之流，他的待遇也和二爺像，「學生在家裡，往常教子侄們讀書，就以他為戒。每人讀書的桌子上寫一紙條貼著，上面寫道：『不可學天長杜儀』！」

杜如果真是吳敬梓，他的確一腔憤懣，佯狂以警世，故意正話反說，類於今人所謂「戲擬」。可是，吳敬梓關鍵時刻卻來了點正經的，他一正經，讀者便受不了，他既可以前衛到在明朝的街道上攜老妻之手出遊——那可是個存天理，滅人欲到了極點的變態時代——引來俗人眾說紛紜。卻對別人勸他娶妾一本正經回絕了，還給人上了一堂思想政治課——

> 「娶妾的事，小弟覺得最傷天理；天下不過是這些
> 人，一個人占了幾個婦人，天下必有幾個無妻之客。
> 小弟為朝廷立法：人生須四十無子，方許娶一妾；此
> 妾如不生子，便遣別嫁。是這等樣，天下無妻子的人
> 或者也少幾個。也是培補元氣之一端。」

二

　　一般來說，西方寫日記是真寫，什麼都記，因為他們相信上帝萬能，什麼也瞞不過他。日記，中國人也寫，但會選擇與過濾，也精通文字化妝術，自己先充當了把關人。真誠點的胡適與魯迅，也會巧妙地用敦倫與洗腳代替公領域無法啟齒的行為。饒是如此，西人還聲稱自傳回憶錄之類的東西靠不住，哪怕是盧梭的懺悔，都要有福爾摩斯的眼光，方不至於被騙。錢鍾書對此有專論：

> 我們在創作中，想像力常常貧薄得可憐，而一到回憶
> 時，不論是幾天還是幾十年前，是自己還是旁人的
> 事，想像力忽然豐富得可驚可喜以至可怕。

　　文字總有裝飾功能，表達什麼，同時又掩藏了什麼，非煉就火眼金睛，難以看出。

　　自人類開化以來，上帝的領地被不斷攻陷，上帝被圍困在最後的城堡裡，手握著終極武器——萬有引力，只要人類跳起來還落在地上，人類就逃不出上帝的如來佛掌。《維摩經》說「從癡有愛，是我病生」，只要有癡有愛，人類再聰明也只是上帝的玩物，男女異性相吸也是萬有引力的一種。《楞嚴經》講，淫心不除，塵不可出。男歡女愛還存在一天，人就根本無法洞

悉上帝的最後秘密，永遠攻不進上帝的城堡。《聖經》裡說，人類曾聯合起來興建能通往天堂的高塔，眼看就要成功，上帝略施小計，讓人類操持不同的語言，彼此無法溝通，人類窺視上帝秘密的渴望就此落空。蒲松齡的《聊齋》也有類似故事，高崖直入雲端，常常掉些香料什麼的，好心的縣令造了一長梯，意欲看個究竟，即將到頂之際，上頭伸出一隻大腳擋住，警告縣令，若不返回，將梯毀人亡。縣令倉皇爬下，腳才落地，梯子已朽為碎片。縣令接近神仙的努力宣告失敗。

世界公認莎士比亞為有史以來最偉大的作家，也是最接近上帝的人。他在動手摘除上帝頭上光環的霎那，上帝只輕輕地還手，莎翁便敗下陣來。美國羅斯醫生曾公布他的驚世發現，莎翁是名梅毒患者，他用汞治療梅毒，造成了禿頂，此外，他死後的面部模型可以看出浮腫，也是汞中毒的症狀。科學家中，愛因斯坦快摸到上帝腳丫了，可惜在距離零點零一毫米時，上帝讓他狂亂地愛了一回，這零點零一毫米便成了永恆。

三

杜少卿讓人想起不朽的托爾斯泰，都是揮金如土的角兒，不同的是，托翁經過愛河千尺浪、苦海萬重波，私生活甚多瑕疵，狂嫖濫賭，縱情傷身，一生染過好幾次花柳病，他討厭女人又需要女人，對私生子毫不憐惜。杜少卿卻到了聖賢的境界了，讓人懷疑作者是不是作了假？他徘徊在秦淮河邊，烏衣巷

口，難道就沒有在金粉樓臺、秦樓楚館的冶遊生涯？也許，吳敬梓在這裡留了一手。

清代文士與官員談晚年人生理想，說「取個號，刻部稿，討個小」，豔遇這事，在文士那裡差不多可以當作一件偉大的事業去追求。色中厲鬼賈赦將府中略平頭正臉的丫環都弄到手了，連賈母的貼身丫環鴛鴦也不放過。正人君子賈政也有兩房姨娘，好一點的是，政老爺不去偷情，不去花街柳巷。聊齋裡的少女們，既嬌豔又不失優雅，最難得的，她們柔順聰慧，善解人意，對那些落魄的書生依然表示由衷的雅慕。鄉村老儒蒲松齡雖比不得王實甫與湯顯祖寫出驚人的風月篇章，到底不小心折射出他想像中的愛情白日夢。不敢設想，如果身世顯達富可敵國，蒲氏會過上何等依紅偎翠的生活？齊白石八十八歲那年，盯著看新鳳霞：「我這麼大年紀了，為什麼不能看她？她生得好看。」新鳳霞也理解：「我的職業是演員，就是給別人看的，看吧，看吧。」

民國高僧印光大師嘗謂，世人十分之中，四分由色欲而死，四分雖不由色欲直接而死，因貪色欲虧損，受到別種感觸間接而死。這樣算來，自然老死的不過十分之一二而已。不知，九十三歲還在盤算如何娶一個二十二歲女演員的齊白石為什麼那麼高壽。也許，吳敬梓真屬於印光大師所說的十分之一二，也許，吳敬梓是在自我神化。若如此，倒比不得文人風流自居的錢牧齋，他以花甲之年迎娶柳如是，算是數百年來流傳

不盡的佳話。

四

　　生怕情多累美人，還是「春風十里揚州路，卷上珠簾總不如」的杜牧，「只與蠻箋象管，拘束教吟課」的耆卿，「落花人獨立，微雨燕雙飛」的小晏實在，是浪子又如何，承認飛紅翠袖，情深緣淺，又如何？有著女人般長相的徐志摩感情細膩到了極點，他在《我所知道的康橋》寫道：

> 但一個人要寫他最心愛的對象，不論是人是地，是多
> 麼使他為難的一個工作？你怕，你怕描壞了它，你怕
> 說過分了惱了它，你怕說太謹慎了辜負了它⋯⋯

　　算是郁達夫「也曾醉酒鞭名馬，生怕情多累美人」的另一種表述吧。

　　以寫「私小說」《沉淪》聞名的郁達夫，娶得美人王映霞，也戴上高高的幾頂綠帽子。郁達夫《毀家詩紀》裡，自暴家醜，談及王映霞與浙江省教育廳長許紹棣有染。現代詩人汪靜之遺作《王映霞的一個秘密》又曝出王映霞與戴笠關係曖昧。情變之後，郁達夫還是相信王的，他給王寫信：「愁聽燈前兒輩語，阿娘真個幾時歸。」而郁被日本人殺害後，晚年的王映霞對他也滿是感激：「如果沒有前一個他（郁達夫），也許沒有

人知道我的名字，沒有人會對我的生活感興趣；如果沒有後一個他（鍾賢道），我的後半生也許仍漂泊不定。歷史長河的流逝，淌平了我心頭的愛和恨，留下的只是深深的懷念。」

受過清教徒般教化的人噁心《沉淪》裡的自瀆與晦暗，真誠的文學總難與浩然正氣的政治宣傳合拍。文學的正能量源自於對肉身這一迷障的無窮深究——人成長為什麼帶來了不堪啟齒的欲望，為什麼克服不了這種欲望？情多的郁達夫溫厚善良，沈從文初到北平賣文時，郁達夫第一次去拜訪這個來自邊城的無名作者，其時，沈從文吸納著清鼻涕，用長滿凍瘡的手在抄寫稿子。郁達夫臨別不忍，掏出僅有的幾個大洋放在了桌上。每每想起此事，惹人長歎幾聲，心中又升起一絲暖意——英雄惜英雄，文人敬文人呀。

五

西方也有一個聊齋故事：寫《紅字》出名的十九世紀美國作家霍桑晚年在義大利佛羅倫斯附近住了兩年，其間英國詩人白朗寧夫婦經常去做客。霍桑家的一位女管家天生是靈媒，霍桑和白朗寧他們靠她通靈之後在紙上傳達陰間資訊。有一次，靈媒召了一位叫瑪麗·隆德爾（Mary Rondel）的陰魂來，說是要霍桑收留她才能擺脫鬼域裡的劫難。女鬼從此附在霍桑家。霍桑死後多年，他兒子有一天在家族古宅中翻出好幾代前的遺物，竟發現一部舊書稿，書中記載霍家前輩的一段情史，女方

赫然就是瑪麗‧隆德爾（Mary Rondel）。

　　讀書人不可沒有《聊齋》情節，否則文章會少好多韻致。對陰陽學的神秘概念一概持否定態度，其人對七情六欲多無敏銳感應（sensitivity）。無神論成為主流意識形態後，好文章少了，近年，香港電影產業一瀉千里，鬼片更遭到空前打擊，劉亦菲演的《倩女幽魂》，太寫實，不恐怖，怎麼看都不像《聊齋》。

　　還是西方版《聊齋》好玩──一個是多情的霍家前輩，一個是被多情所累的美人 Mary Rondel，越過大洋，他們分明是寧采臣與聶小倩了。

輯三

讀書聽樂兩修行

閱讀三則

一　學會捨棄，簡單生活

閒翻《桃花源記》，發現其中蘊含著過去難以體會的寓意與哲理。漁父只有在「忘」的狀態下方可發現桃花源，「便舍船，從口入」，舍字極好，他要放下關係著身家性命的小船，從小洞裡摸索，才能「豁然開朗」，見到意想不到的烏托邦──人人幻想的世外桃源。有捨方有得，算東算西，瞻前顧後，哪能找得到桃花源？後來，他充滿心機，處處標記，想重返桃花源，卻迷失了，怎麼也找不到回來的道路。漁夫放不下塵世的惦念與牽掛，他就只能回到世俗世界，與桃花源終成陌路。

桃花源代表著人類的終極理想，我們都想從動盪不安的世事與紛繁瑣屑的塵俗中抽身出來，從驚憂焦慮意氣煩惱中昇華，帶著沉重的肉身向天空飛升，找到一個沒有紛爭、沒有貧困、安樂祥和、自由自在的棲身之所：桃花源。

桃花源其實在我們的心裡。當我們把那些動盪不安的世事視作流水淡煙，將風月情愁的昨天視作剎那驚鴻，將追求青梅

柳夢唐風宋月的妄念化為一茶一書的生活，桃花源就出現了，我們就是捨船的漁父，打開了一扇小小的心窗，放飛了那些煙火俗世，收獲一片雲水禪心。

桃花源一直都在，在時空交織的經緯裡，在青煙彌漫的歷史長卷裡，在素淡如畫的江南山水裡，也在萬物萌發的曠野與蒼茫無際的江海裡。它在燈下縫補、企盼遠行遊子的慈母心中，在遙望月色、思念故里紅顏的將軍眼裡，也在倚著柴門、等待樵夫歸來的村婦心底，只是，他們可以捨棄嗎？他們能捨棄和流光一爭輸贏的決心嗎？如果能在流年裡等待花開，在繁華中守住真淳，在紛蕪中靜養心性，桃花源便可顯現。

有個人擠上火車後發現，自己腳下的一隻皮鞋掉了，別人都在歎惜。這個人脫掉剩下的一隻向外扔去，他說，與其抱殘守缺、黯然傷神，不如捨得乾淨，成就以拾破爛為生的乞丐。

人生要做捨棄並非易事。我們都敬畏時光，它賜予了眾生苦樂，自己也在不經意中老去。我們慢慢學著將繁弦急管交付給絲竹清音；試著用凡塵煙火打造一盞玉壺冰心，忘記、放下、捨掉一些看似美好的東西，捨掉那些亂世風煙，捨掉那些浮雲花事，捨掉那些虛妄荒誕，捨掉那些快意恩仇，只靜靜地體會靜世清歡與船過無痕，不去追問去年那一樹梅花，到底遺落在誰家的牆院下。

「寂寂春將晚，欣欣物自私」，杜甫的詩。自然萬物，莫不自私。然而這自私、自為、自保的萬物，卻形成了欣欣向榮的

春天。每一種生命都活在自己特定的年輪與軌道裡，都有它們各自的宿命與自我完成，我們只能去欣賞，去讚歎，去祝福，卻不要去參與，去改變。花草樹木有著比人類更簡單、更質樸的生存法則，它們只想著如何安靜地過完日子，沒有利害得失的算計。人，何嘗不應該向自私的花草學習呢？試著去做宇宙萬物中那一種屬於自己的生靈，安靜生長，平凡度日，做好自己的春耕秋耘與自我修行，捨掉那些凡塵往來與牽腸掛肚。

年月深長，人生走過的片段總是似曾相識，情節總是雷同，故事總在重複。在每個人的軌道裡我們都活出自己，世上之事世上之人終究如此，精彩紛呈又別無他羔。日子清簡如水，窗外車水馬龍風雲交替，你還擁有著倚窗聽雨潑茶品書的閒情，看看水天之際，依舊是一塵不染……

二　讀董橋不丟人

董橋去年五月退休了，我的書櫥裡放著他的所有能買到的書，還有一本《文字是肉做的》，圖書館借的，一直不肯還。關於董橋的是是非非太多了。二十世紀八〇年代末，「柳蘇」在《讀書》上發表《你一定要讀董橋》，推介董橋，汪曾祺之後，大陸散文實無大家，彼時見董橋在書店裡，翻過幾頁後，放下了，人與書的緣分，恰如人與人的緣分，需要特殊的心境與神光離合的瞬間。後來，又有人說，你不一定要讀董橋，你一定要少讀董橋時，我卻偏偏把他的書放在床頭，入睡前讀幾

頁，洗洗忙碌塵世的俗氣。

　　自然，董橋不可能與陀氏、托氏、福樓拜這些頂尖大文豪相比，甚至，他也無法像沈從文、張愛玲那樣深入探索人性的幽微與複雜。從本質上說，他的文字屬於商業性文字，少不了雞湯與浮華。沒關係。讀書其實是有臺階的，回首以前，老師們經常犯的錯誤是要年紀輕輕的學生們去讀經典名著，十幾二十的年紀，有幾個人真能懂《罪與罰》《戰爭與和平》，或者《紅樓夢》？張潮在《幽夢影》裡說得好：

　　少年讀書，如隙中窺月；中年讀書，如庭中望月；老
　　年讀書，如臺上玩月。皆以閱歷之淺深為所得之淺深
　　耳。

　　少年早慧的人不是沒有，很少。你非得逼著大家讀需要很深哲學修養與人生體悟的頂尖名著，多少有些不通人情，這一點，倒是林語堂說得實在，深得夫子循循善誘的精髓：

　　一人讀書的目的並不是要「改進心智」，因為當他開始想要改進心智的時候，一切讀書的樂趣便喪失淨盡了。他對自己說：「我非讀莎士比亞的作品不可，我非讀索福克儷（Sophoclee）的作品不可，我非讀伊里奧特博士（Dr・Eliot）的《哈佛世界傑作集》不可，使我能夠成為有教育的人。」我敢說那個人永遠不能成為有教育的人。

有一天晚上會強迫自己去讀莎士比亞的《哈姆雷特》（Hamlet），讀畢好像由一個噩夢中醒轉來，除了可以說他已經「讀」過《哈姆雷特》之外，並沒有得到什麼益處。一個人如果抱著義務的意識去讀書，便不瞭解讀書的藝術。這種具有義務目的的讀書法，和一個參議員在演講之前閱讀文件和報告是相同的。這不是讀書，而是尋求業務上的報告和消息。

　　董橋的價值，唯在清雅。朋友給他的文章寫序，用「一泓秋水照人寒」，很是精當。他的文字，或冷峻曠達，或精闢博采，或調侃自嘲。他愛讀書，愛藏書，胸中滿滿的丘壑化成指尖悠長纏綿的文字。古人所謂辭章之學，用今天的話講，審美與美感是第一位的，明雅、庸俗之別一直是重要話題。文字之雅關乎心靈的優雅，不僅僅是文化品味的差別。探春與賈芸幾乎同時寫小札與寶玉，一俗一雅，高下立判。這是傳統教育的根本所在，不似今日以謀生創富與現世成功為唯一旨歸。五四時胡適之他們一鬧，差點要了高雅漢語的老命，白話文這一味墮胎藥，險些斷了楚辭、漢賦、唐詩、宋詞的這一脈香火，好在這幫人舊學功底深，懷裡揣著速效救心丸，一味猛藥下去後，慢慢地摸索著白話與古典的融合，也算別開生面了。由於特殊原因，大陸一直操持著另一套話語體系，以俗為雅，以醜為美，質樸無文，至於商潮大興、網路崛起，幾何級增長的文字裡，段子盛行，究其品味，與薛蟠講的黃色笑話在同一境界，格調還不如妓女雲兒。

老師們經常講，文字要不事雕琢，清新自然。這話誤人極深。古今中外，哪個大家的文字不雕琢？清水出芙蓉云云，是他雕琢的功夫高，到了看不出的境地了呀。董橋坦白他的文字是拿鑿子鑿出來的：

> 我扎扎實實用功了幾十年，我正正直直生活了幾十年，我計計較較衡量了每一個字，我沒有辜負簽上我的名字的每一篇文字。

　　這沒什麼不好，文字比現實更美，文字帶著我們的心靈飛翔於俗世之上，暫時忘掉柴米油鹽，也就夠了。

> 有鄉歸不得：雨天的墨水匣，風中的香爐，賣花聲裡的長巷，風雪迷離的石橋，河邊柳梢的冷月，都只剩了一張張泛黃的舊照片，凝成一枕幽夢。中國人念舊近乎偏執；最難忍受倒不是烽火連三月，而是家書不敢說的故園消息。

　　一點鄉愁，寫成這樣，看得人都想扔掉手機刪了微信。董橋也有他的不正經：

> 人對書會有感情，跟男人和女人的關係有點像。字典

之類的參考書是妻子，常在身邊為宜，但是翻了一輩
子也未必可以爛熟。詩詞小說只當是可以迷死人的豔
遇，事後追憶起來總是甜的。又專又深的學術著作是
半老的女人，非打點十二分精神不足以深解，有的當
然還有點風韻，最要命是後頭還有一大串注文，不肯
甘休！至於政治評論、時事雜文等集子，都是現買現
賣，不外是青樓上的姑娘，親熱一下也就完了，明天
再看就不是那麼回事了。

以情說書，以男女關係喻不同文體，格調雖不太高，但極
為精當，讀之可解頤。

董橋以文化遺民自居，筆底幾乎沒有大陸作家、學問家動
不動就來的火氣。有人抨擊他是民國版郭敬明、高級知音體，
還有作家更尖刻：

這些話，聽得我毛骨悚然。好像面對一張大白臉，聽
一個六十歲的藝妓說：『我扎扎實實用功了幾十年，
我正正直直生活了幾十年，我計計較較每天畫我的
臉，一絲不苟，筆無虛落，我沒有辜負見過我臉蛋上
的肉的每一個人。』

對學問家，董橋寫過：

今日學術多病，病在溫情不足。溫情藏在兩處：一在胸中，一在筆底；胸中溫情涵攝於良知之教養裡面，筆底溫情則孕育在文章的神韻之中。短了這兩道血脈，學問再博大，終究跳不出淒淒蕩蕩的虛境，合了王陽明所說：『只做得個沉空守寂，學成一個癡呆漢。』

對後者的挑釁，他不回應。到底在英倫薰陶過八年，老派得像一個不列顛的紳士。

讀書也是讀人，才氣與學問都可以做假的，做不了假的是心靈，是節制、寬厚、感恩還是放縱、尖酸與怨恨，字裡行間藏不住，總會露出蛛絲馬跡。讀書唯一的目的，是使心靈優雅，文字有火氣的，讀再多書，到底還是隔了一層。

三　「漢皇重色」的意識形態

宋人洪邁非常羨慕唐代的話語空間，他在《容齋隨筆》中感歎：唐朝詩人真幸福，想寫什麼就寫什麼，包括皇家私生活或緋聞。楊貴妃的軼事，放在後世，給詩人十個膽子，怕是也不敢動筆。

玄宗的大名，便是拜這些文人強大的宣傳所賜。本來玄宗也有英明神武的一面，可後世一提到他，只想起他與玉環那宮闈秘事，蓋文學作品比起歷史本事流傳更廣，影響更深。後人

通過文學作品，只得出了明皇形象的模糊碎片。

比起杜牧、李商隱，白居易算是較早拿玄宗私生活說事的作家。《長恨歌》雖假託漢皇，但稍具文學常識的人都知道借古諷今，加之陳鴻為詩所寫序文明確點出實為李、楊之事。《長恨歌》首句即為「漢皇重色思傾國」，用筆大膽，放在明清時代，白氏完全會以攻擊朝廷、誹謗君父的理由被關進大牢。

白氏並沒有遭罪，身後還受到了唐宣宗高度讚揚：「綴玉聯珠六十年，誰教冥路作詩仙。浮雲不繫白居易，造化無為字樂天。童子解吟長恨曲，胡兒能唱琵琶篇。文章已滿行人耳，一度思卿一愴然。」（《弔白居易》）

八輩子祖宗都被人罵了，還對罵自己的祖宗的人大加讚賞，對其離世充滿了惋惜與不捨，不是宣宗智商有問題，就是他的心胸恰似乃祖太宗，容得下一切人身攻擊。不說為尊者諱或以史為鑑，也犯不著把祖先緋聞當花邊新聞到處傳播吧？

歷史表明：唐宣宗智商並沒有問題。

那就說明，今天我們的理解出了問題。

李隆基是皇帝。

紅學頑童周汝昌品藻古今人物，曰「三國之中⋯⋯但一色帝王將相之資，卻少見詩人情種之質。」帝王將相就事功而言，詩人情種就才性氣質立論。依先生之言，歷史人物建立不朽功業、霸業、帝業大有人在，絕大多數乃滿臉橫肉、不解風情的起起武夫，就算東坡「大江東去，浪淘盡、千古風流人物」

所極力讚美的公瑾，除有小喬為伴，亦不見有顯出其藝術才華的文章和音樂傳世。天下能兼有不世之功與文采風流者鮮矣！

明皇在兩方面都達到了極致。上下五千年，唯數人而已。

明皇為天才帝王，可謂天縱奇才、英武蓋世，其文治武功均達到了歷史的頂峰，華夏民族至今念念不忘開元盛世，就在他的任期內完成。論文采風流，三郎精於音律，熱愛歌舞，又開創梨園，發展教坊，為藝術的發展做出不朽的貢獻，自非只知征戰殺伐的暴君所能相提並論。

明皇的重色乃是其藝術氣質的必然發展。品藝必然也會品人，因為，人是上天最傑出的藝術品。這樣一個明皇，不可避免地將自己劃歸一類歷史人物中──《紅樓夢》第二章通過賈雨村之口，作者對天下人物進行了分類，在大仁大惡兩類之外，獨標既有聰明俊秀之氣又有乖僻邪謬不近人情之態的第三種人，這種人要麼為情癡情種，要麼為奇優名娼。而在曹雪芹的眼中，唐明皇、陳後主、宋徽宗、陶潛、阮籍、劉伶等人都名列其中。

情癡情種，算是為明皇做了一個定位。曹公行文，將情癡情種作為濁世濁流的對立面來歌頌，重色並不帶有多少貶義。

樂天作此句，也許只在闡述一個事實，並無諷刺之意。若樂天真將重色與好色作為意欲有所作為的人必須摒棄的缺點，或者說女色會妨礙事業的話，那麼他自己就應該以此為鑑。

雖然樂天三十七歲才正式走入家庭，但從《鄰女》詩用

「娉婷十五勝天仙」來形容意中人湘靈來看，後來好朋友王質夫言其「多於情」並非誇飾之詞。

樂天晚年好佛，但並未悟出色空觀念，也並未壓抑自己對美姝的欣賞，其人生經歷與玄宗還有著相似之處。五十四歲任蘇州刺史時，樂天家中有了妓樂。《對酒吟》稱：

> 一拋學士筆，三佩使君符。未換銀青綬，唯添雪白鬚。公門衙退掩，妓席客來鋪。屨舄從相近，謳吟任所須。金銜嘶五馬，鈿帶舞雙姝。不得當年有，猶勝到老無。合聲歌漢月，齊手拍吳歈。今夜還先醉，應煩紅袖扶。

讀此詩，彌漫於字裡行間的是青春苦短的心理，如今雖過五十，有妓樂侑酒佐歡，也不失人生浪漫與風流。

是的，這確曾是作過《上陽白髮人》《陵園妾》《井底引銀瓶》《琵琶行》的樂天的作品，早期他為女性代言，同情過「入時十六今六十」的上陽白髮人，也對「老大嫁作商人婦」的潯陽江頭琵琶女發出了深重的感歎，現在他迷戀的是「櫻桃樊素口，楊柳小蠻腰」。在她們的身上，他發現了青春的美好和世界的迷人，他要「追歡逐樂少閒時，補帖平生得事遲」，還「十載春啼變鶯舌，三嫌老醜換蛾眉」，也算為本人重色畫一了張自畫像。

他的朋友元稹，更是誇耀他的風光往事，並不懼怕別人對其「有文無行」的評價。

在那個時代，才、色的遇合是天經地義，品色與重色並非眾夫所指。

原始儒學裡，孔子並不禁欲，對人類正常的生理需求並不排斥。但後世情況發生了變化。「商惑妲己」「周愛褒姒」「漢嬖飛燕」「唐溺楊妃」成為四大美女傾國的反面典型，男人們被一遍遍告誡：紅顏禍水，遠離美女。

歷史人物開始變得拙劣可笑起來了。毛宗崗讀《三國》，當曹公破呂布後獲其家眷，書中一重要女性貂嬋就此於書中隱遁，毛氏開玩笑說，不知貂嬋是否也在被俘家眷之中？

令人啼笑皆非的是，貂嬋到了關公那裡。關公是蓋世英雄，怎能有好色之舉？於是元雜劇《關大王月夜斬貂嬋》要安排關公誤殺貂嬋，算是對貂嬋的歷史貢獻作出了肯定，也保住了武聖人的名節。

因為，英雄的基本素質之一是不好色。

《水滸傳》將這一教條發揮到了極致。這部小說中的英雄在個人情感上不亞於清修的宗教徒。這些大碗喝酒吃肉的好漢們將他們的精力全部發洩在舞槍弄棒上，於女色並不十分上心。另一方面，作者寫出了美色的原罪——書中佳人多為淫婦，品行優良如林沖娘子者，也因其美貌間接害得林沖有家難回，有國難投。作品對這些美麗而淫蕩女子的處理表現出中世

紀的野蠻：潘金蓮被武松開膛破腹，楊雄殺潘巧雲，盧俊義殺賈氏，所用也是同樣手法。色字頭上一把刀呀，存天理、滅人欲呀，等等理論出來了，我們被這些道德先驗論蒙住了眼睛，於是就覺得漢皇重色成了一大問題，於是張生鶯鶯等才子佳人故事也成了反面教材。

尋找博爾赫斯

　　博爾赫斯還讓人無端想起宿命的話題。人與書的相遇，無異於人與人的相遇，一旦錯過，便成陌路，縱使努力挽回，也無濟於事。恰如好萊塢電影《愛在黃昏日落時》，傑西與塞利娜重逢，The past is past. 一九九三年，第一次接觸到博爾赫斯這個名字，到圖書館找了一本小說集，翻了幾頁，看不懂。十幾歲的年紀哪能讀得懂博爾赫斯？幾天後便還了，不久下定決心準備硬著頭皮啃，再去借，卻沒有了。中文系的男生多少有些頹廢與怪癖，原來鄰宿捨一文青做了孔乙己，不知何時將此書據為己有。那時圖書館沒有電子監控，此君與圖書館員玩起貓和老鼠的遊戲樂此不疲。真到了可以讀博爾赫斯的年齡，專業已被限定在古典文學，要看大量專書，其他書籍只能無事時翻翻，真是 The past is past。

　　好作家猶如巫師，具有通靈能力，他們的奇思妙想讓你目瞪口呆。在《猶大的三種面目》裡，老博寫道，「皮膚上的斑點就是永恆的星座圖案」，語言在他筆下變成了魔法棒，只有博爾赫斯才會如此聯想。我不能形容這句話在我心中引起的顫

慄。有一段時間我迷上過星座，我們都來自宇宙的星塵，幻成人形，這比進化論的解釋詩意多了，在宇宙起源的秘密沒解開之前，我相信這種泛神論說法，不信達爾文。上半年和一群畢業的學生吃飯，其間一女生大學期間拒絕了不知多少男生的追逐，將心深鎖著，不對外人開放。我問她星座。摩羯。我心頭一震，口裡說：「摩羯是天生的工作狂，看淡情感糾葛。」歷史上很多偉大的人物以及偉大的變態都來自摩羯，他們看重 ambition 忽視 feeling。

女人太漂亮，上帝會忌妒，他不能容忍親手所創之物奪走自己的光環，因此，會有天妒紅顏，史上絕色美女要麼不得善終，要麼是著名的蕩婦，要麼不能生育。上帝心胸狹窄，他還忌恨天才。天才每前進一步，上帝的疆域便減少一分，天才們開疆拓土，上帝只好來陰的，下毒、暗算。荷馬瞎了、左丘明瞎了、貝多芬聾了，教授中的教授陳寅恪瞎了，佛洛伊德最慘，上帝不僅讓他得了喉癌——他知道的太多也說得太多了，還拿走了他作為男人的資本——性功能。作家中的作家博爾赫斯也瞎了，在他三十九歲那一年，雙眼徹底報銷。有點像武俠小說中的絕頂高手，雙目失明，他的心卻更明亮了，將這個世界看得更加透徹，毫髮畢現。我懷疑老博是因為這句話得罪了上帝：「猶大而不是耶穌，才是上帝的化身。」

老博一輩子的核心詞彙是鏡子、迷宮與圖書館。先鋒派小說流行那會，他的這句名言被引濫了：「鏡子從遠處的走廊盡

頭窺視著我們。我們發現，大凡鏡子都有一股子妖氣。……鏡子與交媾都是污穢的，因為它們使人口增值。」《小徑交叉的花園》表明老博也迷中國文化。但他肯定不知道中國女皇武則天曾有一座鏡殿，四壁全是鏡子，身處其中，無數的身影重疊，何等詭異、壯觀。曹雪芹也迷鏡子，同樣的，他把鏡子與性、死亡聯繫在一起，跛足道人給賈瑞的風月寶鑑，一面可照見鳳姐的麗影，一面卻是骷髏，「專治邪思妄動之症」，可賈瑞專照正面，不照反面，活生生把自己照死了，他的每一次生理巔峰體驗便使他更接近死亡一步。賈寶玉怡紅院裡也有一面穿衣鏡，他象徵著誘惑，是等閒人難以拒絕的誘惑。可惜老博似乎沒用心讀過《紅樓夢》，要不然，我以為，他一定會將雪芹引為知己。和鏡子相關連的，是迷宮，照老博的看法，世界只是一個猜想性的幻覺，一個迷宮，或一面反映其它鏡子的鏡子。反映其它鏡子的鏡子，多像武則天的鏡殿。更通俗地說，宇宙便是一個迷宮。

老博以圖書館為家，圖書館成就了老博。老博的祖輩是勇敢的軍人，到他那裡，他沒有在戰場上馳騁拼殺，縱橫南北，他有的，只是在文字的海洋裡征服了世界。博爾赫斯曾說：「我不是勇敢的人，我的父親、祖父和曾祖父都是勇敢的人，我是說他們有的死於戰鬥，在決鬥中死去。」死於戰鬥者才配戴上「勇敢」這頂冠冕，怯懦的博爾赫斯，雖然沒有像他的祖輩，提槍戰鬥，但他在文學夢幻裡，也抵達了這一高度。

我在尋找博爾赫斯，博爾赫斯在尋找天堂與上帝。在一首詩裡他描繪了理想中的天堂：我心裡一直都在暗暗設想／天堂應該是圖書館的模樣。與伍爾芙夫人所見略同，在天堂圖書館裡，他們應該相遇了，他們都來自星塵。終其一生，老博也沒有找到上帝，他一生尋找，但一直沒有找到──

　　　上帝在克萊門蒂諾圖書館的四十萬藏書中某一卷某一
　　　頁的某一個字母裡。我的父母、我父母的父母找過那
　　　個字母；我自己也找過，把眼睛都找瞎了。

說破美女驚煞人

　　林黛玉也許是非主流美女，下這個結論，估計會被紅學迷們的唾沫淹死。

　　說到美，本屬主觀感覺，情人眼裡出西施，並無一統一標準，環肥燕瘦正體現美的多元。話雖如此，千百年來，人們還是形成了一些關於美的相對固定的共識，也形成了刻畫美的基本套路。章太炎先生的「婦人之美，實在雙目」實為不易之論。《碩人》裡描寫莊姜「巧笑倩兮，美目盼兮」，被清人方玉潤評為「千古頌美人者無出此二語，絕唱也」。《招魂》裡的「蛾眉曼睩，目騰光些。靡顏膩理，遺視矊些，娭光眇視，目曾波些」，曹植的「明眸善睞，靨輔承權」，白居易的「回眸一笑百媚生」，王實甫的「怎敵他臨去秋波那一轉」都深諳此藝術手法。曹雪芹自然懂得這一道理，林黛玉初迸賈府時與寶玉的驚天一見，通過寶玉之眼，讓黛玉真正上臺亮相，作者也是先寫眉目，雖然現今傳世的各種版本在「籠煙眉」與「罥煙眉」，「含情目」與「含露目」，「杏眼」與「俊目」等語詞上略有出入，但總體而言，均重寫意，而非圖形，正如學界通常觀

點，如果說薛寶釵的美是具象美，林黛玉的美則全部在於意味。罥煙眉與含情目，讓人想起「若問行人去那邊？眉眼盈盈處」之類的詩句，其形象只可意會，不能言傳。

古典文學裡有物象（具象）與意象一說。具象是客觀實體，不依賴寫作者而存在，也不因寫作者的喜怒哀樂而變化；意象則是指主觀情意的客觀具象，或者說是客觀具象通過寫作者心理作用後表現出來的主觀情意。具象雖然客觀，但一旦進入作家的構思，就帶上了主觀的色彩，作家的審美經驗對其進行淘洗與篩選，以符合一定的美學理想和美學趣味，經過作家主觀情感化合與點染過的具象，再以文字呈現出來就是意象。戀愛中可望不可及的隔水伊人其實最符合由具象到意象這一創作過程，由於愛情中強烈的主觀情感投射，所愛戀的對象不可避免地美化與理想化，形之於「清揚婉兮」這樣的文字，即能傳達最美好的意緒與理念。詩意化是意象的最大優點，其缺點也很明顯，就是失真，不是對人物的客觀描繪。作者筆下的理想戀人，就如愛德烈・莫洛亞《追尋過去的時光・序》說的：「我們在邂逅相逢時用自身的想像做材料塑造的那個戀人，與日後作為我們終生伴侶的那個真實的人毫無關係。愛情的本質在於愛的對象並非實物，它僅存在與愛者的想像之中」。

林黛玉具體形貌究竟怎樣？文本中一個細節留下了一點蛛絲馬跡。《紅樓夢》第二十三回，寶玉與黛玉共看《西廂》，黛玉讀後，只管出神，心內還默默記誦，寶玉不知哪根筋不對，

來了一句:「我就是個『多愁多病身』,你就是那『傾國傾城貌』」,林黛玉聽了,不覺帶腮連耳通紅,登時直豎起兩道似蹙非蹙的眉,瞪了兩隻似睜非睜的眼,微腮帶怒,薄面含嗔……

豎起兩道似蹙非蹙的眉,與第三回照應,前後一致,了無新意。倒是瞪起兩隻「似睜非睜的眼」,值得細玩,「瞪」為努力張開之意,然而其結果只是「似睜非睜」,那麼,可以推想,在自然狀態下,林黛玉的眼睛該有多小,會不會瞇成一條縫?你也可以說,小眼就未必不風流嫋娜,但黛玉之相貌並非作者刻意傳達給讀者的那樣貌若天仙,至少在「小眼睛」這一點上,不符合一般通行的對於女性美的看法。全世界都不會以小眼為美,一是無神,二是不諧調,違反了畢達哥拉斯所說的「部分與部分之間,以及整體與整體之間的協調一致」以及達芬奇所說的「美感建立在各部分之間的比例關係」。

這就有意思了。一邊說黛玉是閬苑仙葩,不厭其煩地通過王熙鳳口說出「天下真有這樣標緻人物」、薛蟠「已酥倒在那裡」的反應、棲鳥宿鴉「忒楞楞飛起遠避,不忍再聽」來強化黛玉絕美的形象,一面又不小心展示了黛玉五官的缺陷,如何解釋這種矛盾與前後不一?細讀文本,《紅樓夢》中還存在著不少自相矛盾的地方。比如,作者高舉女性主義大旗對傳統的男性中心主義宣戰,極力讚美少女的價值:

「這女兒兩個字,極尊貴、極清淨的比那阿彌陀佛、

元始天尊的這兩個寶號還更尊榮無對的呢！你們這濁口臭舌，萬不可唐突了這兩個字，要緊。但凡要說時，必須先用清水香茶漱了口才可；設若失錯，便要鑿牙穿腮等事」，「女兒是水做的骨肉，男人是泥作的骨肉。我見了女兒，我便清爽；見了男子，便覺濁臭逼人。」

這是讀者耳熟能詳的語句，也是作者驚世駭俗的宣言，這種顛覆男性中心的宣言自然讓人為之心動，但這果真是作者在坦陳心曲嗎？不妨再重溫一下這兩處文字——

其一，只因這甄士隱稟性恬淡，不以功名為念，每日只以觀花修竹、酌酒吟詩為樂，倒是神仙一流人品。只是一件不足：如今年已半百，膝下無兒，只有一女，乳名英蓮，年方三歲。

其二，今如海年已四十，只有一個三歲之子，偏又於去歲死了。雖有幾房姬妾，奈他命中無子，亦無可如何之事。今只有嫡妻賈氏生得一女，乳名黛玉，年方五歲。夫妻無子，故愛如珍寶，且又見他聰明清秀，便也欲使他讀書識得幾個字，不過假充養子之意，聊解膝下荒涼之歎。

因為沒有兒子，甄士隱的人生便顯美中不足，他的財富與閒雅都打了折扣；林如海在世俗觀念裡大獲成功，但只有一女成了他無可奈何的宿命，假充養子，正說明作者潛意識中不可撼動的男尊女卑觀念，與表面上的極力張揚少女價值形成巨大反差，讓人大跌眼鏡。可以說，作者起身反抗一種占統治地位的男性霸權觀念，卻無法清除這種觀念所實施的教化，這是作者難以超越的文化困境與不得不面對的心理悖論。正如歷代反抗暴政的革命者心中都有某種暴君傾向一樣，反抗男性中心主義文化的作家雖提倡一種新的倫理資源與價值向度，但無法從根本上擺脫強勢文化無所不在的滲透與控制，這種教化早已融入作者的血脈，成為其潛意識裡默認的價值原則，並在意識放鬆操控的時候，悄悄地流露出來。

　　由此可探，作家事實上在用兩種聲音說話，一種聲音是作者公開地向讀者喊話，唯恐受眾聽不見；另一種聲音是作者極力隱藏不想讓讀者聽見、但千躲萬藏卻又掩飾不了的聲音。

　　關於文學創作，有兩種相反的觀念。一種是劉勰所說的「文辭所被，誇飾恆存」（《文心雕龍・誇飾》），凡是文辭描寫，作者一下筆，就用到了誇飾，與描寫物件就產生了隔膜，已經失真與變形了。這一論述一方面將文字與敘寫物件的關係上升到語言哲學的高度，同時也等於變相承認文學是可以被寬容的不真實。他又說寫作是「選義按部，考辭就班」「權衡損益，斟酌濃淡」，既要考量、權衡、斟酌，那自然就如瓦雷里

《詩學第一課》裡說的：

> 一部作品是長久用心的成果，它包含了大量的嘗試、
> 反復、刪減和選擇。

另一種觀念認為創作小說的過程其實不是一種完全自覺的過程，當創作者投入寫作狀態的時候，有如神靈附身，寫出來的東西，不是作者在說話，是神靈在他身上說話，特別是有著懺悔與贖罪心理動因的作品，文本可能會超出創作者自覺理解的範圍。

這兩種理論也許都說對了一半，寫作應該是既有理性觀照也有詩性沉迷、既有日神精神又有酒神精神的漫長過程。偏執於任何一方，都有片面之嫌。不瞭解劉勰的說法，用過於質直的眼光讀文本，不僅會被誘進觀念的誤區，還會陷入作家巧妙偽裝的文字迷陣，猶「丞相非在夢中，君自在夢中耳」。近年有一種「非虛構散文」的新文體，強調真實性與非虛構性，說筆下的文字是忠於事實的客觀記錄。這要麼是別有用心的辯解，要麼是沒有實際操作經驗的無知。寫作都是情感與想像力的連袂演出，作者下筆時一定挑願意寫的寫，就是願意寫的，也會朝儘量理想的方向寫，不是所有細節都會寫出來，而寫出來的細節又經過了改造，儘管這不等於有意為之的說假話。盧梭《懺悔錄》宣稱，不論善與惡，他都同樣坦率地寫了出來，

既沒有隱瞞絲毫壞事，也沒有增添任何好事。盧梭是講了一些不光彩的往事，但整本書給人的感覺，炫耀多於懺悔。這正如德里達所說：在終極意義上，人是一種自傳性動物，自傳對人永遠構成某種誘惑，同時製造某種特權。即便是出於贖罪與拯救心理的自傳，也總是在渴求潛在「聽眾」，敘述者與聽眾之間構成某種契約關係，他們需要構成彼此的見證。在真實與真誠的外衣下，在語言不可捉摸的繁複迷宮裡，「造假」成為可能。因此，波蘭詩人米沃什說，所有傳記都是作偽，包括他自己的自傳。可以阿爾都塞的自傳《來日方長》為例，哲學家如同「暴露狂」一般，不斷將成長經歷中的各種肉體經驗以及思維上的歷險加以曝光——那些不足為外人道也的性欲、複雜的人際關係抑或激烈的政治陳詞。然而在第二十章與第二十一章中卻露出「破綻」：作者記錄了他殺死妻子埃萊娜的經過，卻又宣稱自己當時處於精神分裂狀態，對殺妻過程毫無記憶。果真如此嗎？暴露狂終於遭遇了他無法暴露的一刻，他也許在做小心翼翼的遮掩。新紅學將《紅樓夢》視為帶有作者自傳色彩的作品，即便是原原本本的自傳，也不會是將作者的心理事件一覽無遺地曝光，這是常識。

但如果過分誇大寫作中的理性與算計，以為文字全是「新詩改罷自長吟」「意匠慘澹經營中」，也不合實際，哪怕作者有意掩飾與隱瞞，由於寫作過程還受「來不可遏、去不可止」的靈感的驅動，也有「秉心養術，無務苦慮；含章司契，不必勞

情」的時候，也就是柏拉圖所說的「詩神的迷狂」，這時，作者放縱自己的感性沉迷，奔逸絕塵，有如神明附體後的占卜扶乩。他在一種似乎被催眠的狀態下，將被理性壓制著的真實心緒釋放出來。這樣就可以理解前文提到黛玉的五官與曹雪芹兩性價值觀的衝突問題。

一般以為，文本一旦被生產出來，作者就無法對文本的價值提供新的認識，他連同他所寫就的文字都成為一堆材料，成為研究者所審視與觀照的物件，研究者才有對文本最終的解釋權。但這並不等於受眾可以隨意放任自己的感覺，滿足於做一個粗糙的閱讀者。有資質的批評者一定會利用其理論儲備，運用特定的邏輯結構裡設定詮釋限度，在文字的叢林裡尋幽探勝，閱讀的價值猶如福爾摩斯探案獲得重要線索一般，發現作者自己都沒有意識到的可能性。可以說，專業性的閱讀就是為了讓看不見的東西被看見。

回到林黛玉的長相問題上來，這在當代可算是一次波及範圍極廣的誤讀事件，由於一九八七年版電視劇《紅樓夢》的巨大影響力，相當部分受眾是通過這部電視劇瞭解小說的，就算有人是從文本切入，但由於受「淺閱讀」、「快閱讀」、「碎片化閱讀」甚至「讀圖」的影響，加之理論素養缺乏，往往先入為主地將陳曉旭替代為林黛玉。這在很多媒體評選「影視作品中，誰最接近你心中的林黛玉」之類的活動中，陳曉旭高居榜首可見一斑。陳曉旭滿足了觀眾對林黛玉的某些共同想像、口

口相傳的誤解與先入為主的成見。堅定的經典閱讀的捍衛者哈樂德・布魯姆說：

> 我們讀書是為了增強自我，瞭解自我的真正利益。我
> 們閱讀，往往是在追求一顆比我們自己的心靈更原創
> 的心靈，儘管我們未必自知。

雖說對於文本，仁者見仁，智者見智，但閱讀是個人精神成長、不斷超越自我的重要手段，不是為了獵奇與炫耀，因此要求讀者儘量客觀，能摒除個人成見，抽離感性判斷，儘量緩慢地細讀文本，對每一段文字都一視同仁，對所有情節「不笑，不哭，也不痛」，而只是「理解」，這樣的讀書，才有可能突破舊有的自我，開啟出新的自我可能性。

經典是一個活物，通過歲月的積累，對經典的解讀慢慢成為了經典不可缺少的一部分，前人對經典的解讀有待於後輩在閱讀中發現，從而尋找新的契合點和興奮點。同時，經典閱讀中的集體偏好與集體誤讀現象也成為經典文化的一部分，有待專業人士進行再分析與再解讀。對於前者，夏志清對於普遍存在的「揚黛抑釵」現象的分析堪稱典範：「由於讀者一般都是同情失敗者，傳統的中國文學批評一概將黛玉、晴雯的高尚與寶釵、襲人的所謂的虛偽、圓滑、精於世故作為對照，尤其對黛玉充滿讚美和同情……（寶釵、襲人）她們真正的罪行還是

因為奪走了黛玉的婚姻幸福以及生命。這種帶有偏見的評論反映了中國人在對待《紅樓夢》問題上長期形成的習慣做法。他們把《紅樓夢》看作是一部愛情小說，而且是一部本應有一個大團圓結局的愛情小說。」寥寥數語，既鞭辟入裡又撥雲見日。同樣，對於經典閱讀的集體誤讀，也需要更深入的洞見與時時刻刻的警惕，只有這樣，閱讀才不是為了印證人云亦云的成見，讀者才真正獲得了心靈成長。在這個意義上，才可以說，讀者的角色與經典同樣重要。

神交古人三則

一　陶淵明服了冷香丸

　　看《晉書》，不免為潘安惋惜。這位最負盛名的美男子，不枉為上帝的寵兒，他美姿儀，「花慚潘嶽貌」，做官也懂浪漫，做河陽縣令時，因地制宜，令滿縣栽桃花，澆花息訟，甚得百姓遺愛，贏得「河陽一縣花」的美譽。難得的是，美男多花心，他用情卻專，妻子楊氏去世後，作《悼亡詩》三首，情真意切，連李商隱都忍不住讚美「只有安仁能作誄，何曾宋玉解招魂」，三首詩，比起賀鑄、東坡的悼亡詞也許差了點，和元稹的同類作品倒不相上下。

　　潘安還寫過《閒居賦》，宦海沉浮三十年的他，「覽止足之分，庶浮雲之志」，「絕意乎寵辱之事」，表達的意思與陶淵明「守拙歸田園」異曲同工，只想躬耕隴畝，逍遙林下。就是這樣一個有高情逸趣的雅士，實際生活中，做的事情卻與文字表述的反差較大，《晉書》說他「性輕躁，趨於世利」，與大富豪石崇等諂事權臣賈謐，馬屁拍得肉麻，行事缺乏節操，「每候

其出，輒望塵而拜」。

　　文人總得有點風骨，中國人的老話。軟骨病、缺鈣總歸不好。所以金代第一詩人元好問忍不住問了一句：「高情千古《閒居賦》，爭信安仁拜路塵？」

　　文如其人，字如其人，這話可以哄哄讀書不多的年輕人，就算哄，也是善意的謊言。像潘安這樣精通文字化妝或文字美容的人在歷史上代不乏人。早年讀隋煬帝的「寒鴉飛數點，流水繞孤村，斜陽欲落處，一望黯消魂」，哪敢相信這是弒父弒兄淫亂後宮的一代暴君手筆？看書法也如此，蔡京、秦檜、董其昌都是書法名家，一手字漂亮飄逸，人品卻世人皆知。康生也是書法行家，自誇左手寫字都比郭沫若好，看他的字，見不到陰騭狠毒。倒是蕭綱的名言說出了問題的複雜，他在《誡當陽公大心書》中說「立身之道與文章異，立身先須謹重，文章且須放蕩」。後人進一步闡發，說「詩心與人品不同，人欲直而詩欲曲，人欲樸而詩欲巧」，也不錯，文字從來都是騙人的，一動筆，就隱瞞了些什麼，又誇大了些東西。真直來直去，剛正不阿之人，文筆反而不好，你幾曾見過包拯、海瑞的詩篇流傳後世、眾口讚譽的？

　　我還是喜歡《閒居賦》。對潘安的軟骨病也能理解，莊子早就描述過吮癰舐痔可以得到現實中的好處，一般人哪能抵制得了誘惑？明代王世貞《鳴鳳記》寫大奸臣嚴嵩慶壽之時，群臣「附勢趨權，不辭吮癰舐痔；市恩固寵，那知瀝膽披肝」，

吮癰舐痔，罵得酣暢淋漓，令人解氣，也只能解解氣而已。

　　說潘安軟，不如說潘安熱，心熱。話說回來，有幾個人不是心熱的？唐太宗大網一開，天下英雄盡入彀中，還算好的，人總得建功立業吧，壞就壞在有人口是心非，明明心熱，卻裝著超脫，最後，翩翩一隻雲中鶴，飛來飛去宰相衙，令人跌了眼鏡。朱熹對這點看得透，也不留情面：「晉宋間人物，雖曰清高，然個個要官職，這邊一面清談，那邊一面招權納貨。」

　　朱熹接著寫道：「淵明卻真個能不要，此其所以高於晉宋人也。」《紅樓夢》裡有一味藥，冷香丸，醫寶釵的熱毒症的。寶釵的病，病在對功名利祿的熱衷，她週期性發作，也週期性服藥，可沒有治好，最後好端端地把丈夫嚇得出家了。陶淵明也患過這病，四十二歲前也週期性發作，前後五次，終於他服了一粒冷香丸，治好了心熱症，「雲無心以出岫，鳥倦飛而知還」，這比宦海沉浮幸福多了。

　　服冷香丸要勇氣的。陶潛文字的美，後人能體會，服冷香丸後生活的艱辛，後人體會就少了。白居易《贈內》詩說「陶潛不營生，翟氏自爨薪」，算是懂了淵明「草盛豆苗稀」的含義，杜牧說「陶潛官罷酒瓶空，門掩楊花一夜風」，何止是酒瓶空！史書記載，陶潛要靠朋友顏延之接濟才能活下去，小太白還是太浪漫了。錦繡堆裡出生的人，沒有餓過肚子，只記得了淵明的閒適與高古。

　　能理解陶潛的數王維與東坡，他們也是服了冷香丸的人，

王維偽事安祿山後，絕意仕途，年輕時社交界的美少年走向終南山，心向空門。他遠比陶潛幸運，別的不說，光能買宋之問的鄉間別墅來修行這一條，陶潛哪敢想？潑天的富貴享過，纏綿的愛情有過，王維的心真涼了。東坡九死一生，才華與命運落差太大，也像陶潛，不過，東坡在世時名震天下，享年六十五歲，功德圓滿，放眼世界，恐只有魯迅，雨果、歌德能如此幸運。陶潛是在唐代才被「價值重估」的，身前寂寞，默默無聞，東坡的命比他好。

總覺得，服了冷香丸的陶潛還是有點怨氣與不甘。虛構桃花源，是不能忘情於現世，他還有《責子》詩，對陶氏家族的未來也不能釋懷：「雖有五男兒，總不好紙筆。阿舒已二八，懶惰故無匹。阿宣行志學，而不愛文術。雍端年十三，不識六與七。通子垂九齡，但覓梨與栗。天運苟如此，且進杯中物。」中國人總愛把自己沒實現的希望寄託在兒輩身上，他幾個兒子要麼弱智，要麼冥頑，算是完了，他只好長歎一聲，老天讓我家如此，還是喝酒吧。身前落寞，身後無望，這冷香丸服得真叫透心涼。

曾看到李白的一則史料，淒涼之至，令人難受。李白本想葬在青山綠水間，但兒子伯禽家貧，不能滿足他的遺願。李白死後三十年，仰慕李白的宣歙觀察使范傳正探訪到李白後人，其時伯禽已歿，遺有一兒兩女，兒不甘農村貧困，出外漂泊，兩女嫁與農民。范傳正聽後，唏噓不已，讓地方免其徭役。他

完成了李白的遺願，將墓遷葬青山，並親撰《唐左拾遺林學士李公新墓碑》，這碑文已成研究李白的寶貴資料，讀來讓人揪心、淚下。

李白有強烈的功名心，又不肯摧眉折腰事權貴，時而喝六十多度的二鍋頭，又不時服點冷香丸，自己是風光一世，後代淪落如此，不能蔭庇子孫，讓人只有搖頭歎氣的份。二十多年來，大陸知識界持續了一股「陳寅恪熱」，易中天忍不住要給這股熱火降降溫，陳寅恪談談是可以的，但我們「頂不住」「守不住」也「耐不住」，學不來那種風骨。陳老說，「弦箭文章苦未休，權門奔走喘吳牛」，望塵而拜的事，別以為只有潘安做過，老杜也做過，「朝扣富兒門，暮隨肥馬塵，殘杯與冷炙，到處潛悲辛」，你連肚子都吃不飽，還談什麼冷香丸。

二　陪著杜甫一起失眠

據說男性的精神軌跡是這樣的：二十歲之前愛李白，愛他的雄奇壯闊、超級自信及傻得可愛的天真，三十歲之後偶像便轉向了杜甫，轉向沉鬱敦厚，轉向忠愛纏綿。二十到三十之間是過渡地帶，十年之間慢慢轉型。前提是，三十歲之後你還在讀書，很多人讀完大學就再也不看書了，精神世界就永遠停留在了李白的港灣，開口就來「天生我材必有用」「乘風破浪會有時」，就算職場受挫，也是「人生在世不稱意，明朝散髮弄扁舟」。至於王維，詩佛，有人一見便一輩子不離不棄，有人

見一輩子也形同陌路，佛度有緣人嘛，愛不愛王維，看緣份。詩佛說，「一生幾許傷心事，不向空門何處銷？」多數人至死在紅塵裡打轉，臨死都放不下兩棵燈芯草，自然懂不了王維。

嚴羽《滄浪詩話》評李杜的名言被人反覆稱引：「子美不能為太白之飄逸，太白不能為子美之沉鬱。」大體不錯，又不盡如此。杜甫平生第一快詩《聞官軍收河南河北》，這句「白日放歌須縱酒，青春作伴好還鄉」算不算飄逸？「痛飲狂歌空度日，飛揚跋扈為誰雄」，把它放在李白的詩裡，大概也可以以假亂真。李白不能作沉鬱之風倒是真的，杜甫是眾體兼工，集大成的詩人，少林拳、武當劍、峨嵋掌都會，偶爾轉換一下風格，並不算什麼難事。當然，他稍差點的是絕句，「遲日江山麗，春風花草香。泥融飛燕子，沙暖睡鴛鴦。」惠風和暢、百花競放的春景美則美矣，但兩個對偶句組成四句詩，缺了騰挪變化的手段，板滯僵硬。

昨天打球後回家，口渴。拿起上午泡過一水的鐵觀音，這樣倒了殊覺可惜，臨睡前，又泡了兩壺，牛飲。渴是解了，躺在床上卻異常清醒，我知道，多年不曾會面的失眠又前來拜訪我了。長期的失眠是精神衰弱的徵兆，偶爾的失眠沒什麼不好，唐人張繼寓居林妹妹的家鄉姑蘇，這一天得知自己科考失利的消息，一宿無眠，月落、漁火他都看到了，烏啼、鐘聲也歷歷在耳，一股失意在他筆下化為絕美的詩篇。蘇東坡也不嚴格按生物鐘作息，本來解衣欲睡的人，看到月色入戶，一高興

就找人玩耍去了，張懷民也是愛月之人，兩人「相與步中庭」，見「庭下如積水空明，水中藻荇交橫，蓋竹柏影也」，我佩服東坡在平凡的生活中挖掘的詩意，更佩服他不失清高但絕不凌駕於別人之上的溫和：「何夜無月，何處無松柏，但少閒人如吾兩人者耳」。

睡不著，就躺在床上想杜甫關於失眠的詩篇，陪著杜甫一起失眠。杜甫寫失眠，大體兩類：一類直寫。《春宿左省》寫他夜晚值班，睡不著覺，「不寢聽金鑰，因風想玉珂」，疑心有人開宮門的鎖鑰聲；風吹簷間鈴鐸，好像聽到了百官騎馬上朝的馬鈴響。「明朝有封事，數問夜如何」，一晚上寢臥不安，心緒不寧，好幾次訊問宵夜到了什麼時辰，因為第二天早朝要上封事。杜甫這心理素質差得讓人不敢深想。常聽人說要臨危不亂，泰山崩於前而不變於色，這叫大將風度、寵辱不驚。

老成持重之人當然讓人佩服。一九九七年看足球，前國門區楚良臨大賽前總睡不好覺，我們笑他不夠淡定。輪到自己，評個職稱、獎項，報個課題，揭曉之前都亂成一鍋粥，心裡七上八下，哪有那麼容易淡定？在知識份子圈混久了，就知道平時口若懸河道貌岸然之輩，大多如我一樣，為一點小事可以食不甘味，寢不安席。從這一點上說，杜甫真是實誠人，不口是心非，說一套做一套。

當然也有狠角色。《世說新語》稱許謝安，能在關係東晉生死存亡的戰鬥中意色舉止不異於常，得知前線告捷，本來他

最應該激動，可他能遊刃有餘地控制感情，只淡淡地一句：「小兒輩大破賊」，何等舉重若輕。但好在《世說新語》有後面的記載，說謝安心中其實相當興奮，以至於跨過門檻時，木屐之齒掉了都渾然不覺。如果《世說新語》不寫他後來這一細節，就有造神之嫌，反而假了。

謝安的神色自若與杜甫的寢臥不安我都欣賞：政治家可敬，文學家可愛。

另一類不直寫，只寫星月雲帆等意象，可一細想，就發現老先生睡眠狀況欠佳。「細草微風岸，危檣獨夜舟。星垂平野闊，月湧大江流」，一葉孤帆行於水上，四周萬籟俱寂，夜深了，他還是不能入睡，聽得到微風，那正是失眠者絕好的寫照呀，輾轉反側之際，他躺在床上看天空的星月，難得還有那般豪氣，垂、湧，充滿動感，平野闊，大江流，到底還是盛唐過來的人，江山萬里壯闊，個人睡不著算不了什麼。《江漢》詩寫「片雲天共遠，永夜月同孤」，永恆而漫長的黑夜裡，只有月亮和自己兩個孤獨者，同樣無眠，心心相印，肝膽相照，兩個孤獨者的偉大友誼呀。

昨夜無月，我卻無眠。失眠中，我想到前幾年寫的一首小詩《春夜與杜甫相遇》，翻出來，續在下邊：

在春夜裡展讀你的詩篇
你淌過夜色中的城市

沒有吵醒那些微微作響的鼻息

在一個春夜裡讀你的詩篇
梅花紛湧著
楊柳偷偷發芽，豆莢綴滿原野
月光澄澈
你的眼淚悲傷成河

在寧靜的春夜的城裡
展讀你的詩篇
穿過河流與你相遇
你瘦成故鄉的一縷炊煙
書僮已經沉睡
蹇驢已經沉睡
山川已經沉睡
麥苗已經沉睡

我解開蒙在眼上的紅布
用你的詩句清洗著憤怒
你的詩句
就像駿馬
馳過眾人風月無邊的曠野

沉醉的東風是另一匹奔騰的駿馬

一夜之間就越過大江南北

在枯枝敗椏寫滿了綠色詩句

再看看日期，是二〇〇八年初寫的，已經十多年了。

三　跟著辜鴻銘學玩文字

《泰囧》被媒體捧上天，心裡癢癢，一看，原是與趙本山、郭德綱、周立波一路的惡俗貨色，拿肉麻當有趣。從此更怕看大陸影片，與國際接軌接出了中英文字幕，錯誤百出，缺乏基本文化素養。電影《孔子》把孔鯉寫成孔鋰還算好，央視等各路銀屏錯得更叫離譜，影視網路等圖像藝術應該對國民文化素質急速下降負有一定責任。

文章錯別字多，叫黃褐斑，糾纏不清，叫皺紋。給文字除斑去皺，得慢慢學，先從罵人不帶髒字學起，體會漢語的魅力。某人做壽，人送一聯：「一二三四五六七，孝悌忠信禮義廉。」壽者當場翻臉，知來者不善，罵自己「忘八，無恥」。餘秋雨紅後，損之者編故事：一次掃黃，員警捕獲小姐，從其手袋中搜出三樣東西：口紅、避孕套與《文化苦旅》。罵人罵到這水準，登峰造極了。

北大怪傑辜鴻銘學問固不必說，此老文字之好更是難得。他曾自告奮勇給北京一家報館寫文章，前提是寫什麼就得刊登

什麼，不能刪改一個字，辜鼓動一支妙筆，文采斐然，報紙銷量直線上升。他流傳下來的一些文字因緣也是趣味盎然，令人回味無窮——張之洞任湖廣總督時，辜鴻銘曾入幕張府。一次正值萬壽節，老於宦道的張之洞在湖北籌備慶典時大肆鋪張，花費無數，以顯隆重。同時，還編有「愛國歌」，宣揚忠君愛國之道，竭力討好朝廷。對此，辜鴻銘頗不以為然，昌言曰：「既云愛國，也須愛民，應更編愛民歌。」張之洞的心腹，時監兩湖書院的梁鼎芬聞後向辜氏調侃道：「閣下曷試為之。」辜鴻銘當即應曰：「已早有腹稿，頭四句是：『天子萬年，百姓花錢。萬壽無疆，百姓遭殃。』」

辜愚忠清室，至死不剪頭上小辮，極端頑固保守，辮子軍大帥張勳復辟失敗，逃到荷蘭使館。一九二〇年張勳六十六歲生日時，辜鴻銘特集了一副對聯，派人送到張處，聯語為：「荷盡已無擎雨蓋，菊殘猶有傲霜枝。」看得張勳悲喜交集，原來辜鴻銘的意思是，現在清王朝沒了，王公大臣消失了，他們頭上的官頂大帽（擎蓋）也沒有了。雖然天下老臣凋零，氣象可哀，但還有大帥和我頭上的兩根辮子（傲霜枝）傲立霜中，不逐流俗。拋開立場而論，用東坡這兩句詩真是恰到好處，天衣無縫。

辜鴻銘對胡適的白話文運動也不忘調侃一番，一次聚會時，他編白話詩嘲笑胡適：「監生拜孔子，孔子嚇一跳；孔會拜孔子，孔子要上吊。」然後笑問胡適，我這詩作得如何？

孫中山曾說：「中國能精通英文的，只有三個半。其一辜鴻銘，其二伍朝樞，其三陳友仁。」還有半個他不肯說，有人猜想那半個是王寵惠。辜鴻銘曾在英國的電車上故意將英文報紙倒過來看，還嘲笑英國人：「英文這玩意太簡單，不倒來過，簡直沒意思。」更難得的是，一個精通外文的人對漢語如此摯愛。

中國人學英語，並非要做洋奴，幫外國人統治中國人，要的是找回民族自信與民族尊嚴。英文也要字斟句酌，一字之別，關係不小，半調子英文，難免被老毛子玩弄。辜在張之洞處入幕，一天接到一份公文，只看了幾眼，將公文扔下大罵：「這些洋鬼子，用這麼便宜的價訂中國貨，還賣個乖，竟敢說中國貨是土貨，太欺人了。」原來訂貨章用的是「native」一詞，此詞含有生番野蠻的意思。如非洲、美洲、澳洲的土人一般。稱中國貨為「native goods」惹惱了他。當下提手筆，不顧他人阻攔和訂單早已簽字，大筆一揮，將「native goods（土貨）」字樣一抹，添上「Chinese goods（中國貨）」字樣。張之洞拿到公文，二話沒說，即與通過。

老辜這叫文化愛國，比腦殘的愛國賊打砸同胞可愛多了。

擬聞情三則

一 特立獨行張火丁

　　合肥四姐妹裡最小的張充和把昆曲帶到美國去了，她帶不走唱腔，帶走的，是依附在昆曲的文化，沒有幾十年寒暑的書香薰染，藝人終歸只是聲音比別人好聽點的演員。如今，商潮大興詩書不興，沒有精緻的懷舊與風雅，更別說舊派名士的流風餘韻。戲曲的知音在中國臺灣，在美國。電子文明的霸權裡，風雲變幻，新主代舊主，恍如歷史傳奇，先是 CD 取代了磁帶，接著又被網路取代，唱片業哀鴻遍野。

　　聽戲只是滿心風雅的文化遺民消遣的活兒了，年輕一代被媒體牽著鼻子趕潮流，他們的大理石廳堂容不下帶著檀香的銅爐。酒醒天涯，薄雨清寒，一夢醒來卻是換了人間，夫子的「不患人之不己知，患其不能也」諄諄勸慰已成昨天黃花，推廣、行銷、包裝、宣傳……各種語彙鋪天蓋地，酒香不怕巷深，轉眼之間，成了酒香也怕巷子深了。

　　春節前，將十多年央視春晚上的戲都聽了一遍，有的是幾

遍，十幾遍，或幾十遍，作心理鋪墊，聽除夕夜的《同光十三絕》，於老闆依舊唱《定軍山》，譚鑫培的拿手戲，譚氏後人都唱，多少屆春晚都是這齣。梅派的《穆桂英掛帥》，本來想聽《貴妃醉酒》，再不成《霸王別姬》，沒有，只有這齣，喜慶、熱鬧，還有點暴力美學——「猛聽得金鼓響畫角聲震，喚起我破天門壯志凌雲，想當年，桃花馬上威風凜凜，滴血飛濺石榴裙……」張火丁到大學隱居去了，還是《鎖麟囊》，卻不是被張火丁附體的薛湘靈。

火丁被譽為百年才得一見的青衣，她為京劇而生。他人演戲，看多了就知道是現代人披上了戲衣玩穿越，火丁就是古代人。她的冷豔內斂，孤高幽僻，屢屢讓人有時空錯位之感。火丁端方品格，清雅儀容，塗上油彩後更有獨特魅力，只要那悠揚的胡琴響起，她就會和角色合二為一，嬌嗔含羞，婉轉多情，字字泣血、句句關情。幽咽婉轉的唱腔，收放自如的身段，欲語還羞的表演，可謂千種風情、萬般情愫，皆在戲中。

曹植的「轉眄流精，光潤玉顏。含辭未吐，氣若幽蘭」可摹畫火丁之姿容，曹雪芹「淡極始知花更豔」可形容火丁之氣韻；其唱腔，用白居易的「幽咽泉流冰下灘」差幾近之。同樣的唱段，不同人唱，味道大不一樣，唱功可以練，但與生俱來的個性氣質，不是練來的。就像常聽人說的，容貌可以騙你，眼睛卻不能騙你。

聽火丁的戲，有時得翻翻《世說新語》，小鐵笛道人的《日

下看花記》、夏庭芝《青樓集》，雖為品評梨園人物，她們是舊時代的戲子，地位、人品與火丁差太遠，不適合。

　　張火丁復出後場場火爆。難得的是，她在臺上臺下都能守一份清淨，不會因為火爆與熱情而改變初衷。她好學、鑽研、執著、低調，緣於她植根心底的「戲比天大」。她只惦記「做好演員的本分」，從不考慮市場與票房，一年就演個十幾、二十場，她不會過度消費自己，透支自己的市場號召力。經濟學家發明「饑餓行銷」，張火丁這是「歪打正著」，大家都在汲汲於宣傳與推廣時，專注於內容生產的反而用不著刻意去傳播自己，口口相傳遠比廣告有威力。

　　傳播學教年輕人話題行銷，經濟學教人各種經營與包裝。人人都有麥克風的時代，演員成名成家的通常要求是，不僅臺上會唱會演，臺下也要能說會道、長袖善舞。張火丁卻不諳此道。她臺下不善言辭，每次演出總還非常緊張，哪怕是滾瓜爛熟的劇碼。她甚至不和熱情戲迷「頻頻互動」，只宅在家裡，聽戲品戲學戲。名關難破，利鎖難逃，多少大師在這兩項面前栽了跟頭，張火丁卻在這浮躁的時代中保持著難得的淡然、沉靜，洗掉了多少人間的煙火氣息。「反者道之動」，最不善製造緋聞、話題的她，卻每每成為戲迷關注的中心。

　　前些年，總有人歎息火丁為何在事業如日中天時選擇遺世獨立，隱居大學教書？更有好事者扒出國家京劇院好多人事黑幕，說不善人際關係的火丁被眾人排擠。白燕升的一席話算說

到了點子上：「火丁在舞臺上那種古典仕女般的沉靜和冷豔是很多青衣缺乏的，她的表演甚至有一種演女人的感覺，這種感覺是非常奇特的。能夠八面玲瓏和左右逢源，那就不是張火丁了。」

火丁迷們八卦來八卦去，可就是不見火丁有絲毫人事的言論。這叫素養。什麼都爛在心裡，無意苦爭春，一任群芳妒。身處名利場，而看透名利，從萬人矚目的舞臺回歸平靜回復真淳回歸樸實，歷經繁華才能耐得寂寞，繁華落盡見真淳，洗盡鉛華。她經歷過了，所以看得開，不是裝的。

火丁演了不知多少遍《鎖麟囊》，世事茫茫兩難料，這段悽楚而決絕直入生命本真的唱詞早已融入了她的血脈——

一霎時把前情俱已昧盡，參透了酸辛處淚濕衣襟。我只道鐵富貴一生註定，又誰知人生數頃刻分明，想當年我也曾撒嬌使性，到今朝哪怕我不信前塵。這也是老天爺一番教訓：他教我，收餘恨、免嬌嗔、且自新、改性情，休戀逝水，苦海回身，早悟蘭因。

二 和貝多芬坐了一上午

晚上上課，課間打開水回教室，穿過走廊，在女洗手間門口被一女生截住，抗議我將鳳凰傳奇列為四大俗之一。我佩服她的勇敢與率真，只是微笑，笑她的知識結構還有待重組與優化。她的論據基本上來自文學史關於雅俗之辨的陳詞濫調，很

此心安處是吾鄉

明顯，過去的老師不加選擇地接受這種觀點，又將它推銷給了學生。

我只是微笑，不會和一個學生生氣。我小心地提醒她，你要知道高度在哪裡。

「大雅久不作，吾衰竟誰陳？」李白《古風五十九首》劈頭就是這麼一問。軟綿綿的文化碎片哄哄讀書不多的小孩子可以，哄不了李白，他有包攬宇宙的氣概，他能豪邁，能清新，能纏綿，能曠達，仙風道骨又牛皮哄哄，「自從建安後，綺麗不足珍」，一上來就是橫掃千軍澄清海內的架式，就算吹牛也吹得豪氣干雲，十幾二十歲哪個男孩子不迷李白？

我的音樂道行淺，或者根本沒道行。有事沒事，我卻喜歡聽聽老貝的交響曲，聽別人說，老貝就像一座難以逾越的珠穆朗瑪峰，對玩音樂的人來說，他是一個災難。就像與喬丹同時代的球員一樣，喬丹對他們，也是一個災難。李白對其他詩人，也是一種災難，你跨不過去，只好繞道而行。

打開電腦，將音響調到最大，一邊聽老貝，一邊躺在沙發裡看書。三十三攝氏度，開個電扇就行。茶几上沏一壺茶，幾冊書，信手翻閱，不喜歡就換，一會兒是杜甫的「美花多映竹，好鳥不歸山」，一會兒是陳平原講讀書的風景，看一篇又翻翻陳丹青講外國音樂的，沒有目的，不為做學問，不為講課搜集資料，偶爾南風徐來，有如神仙下世。

很顯然，有時候老貝不適合做背景音樂，他把你的注意力

全部吸引過去，看書的眼神呆滯了，他大開大合，不是在輕柔地撫摸琴鍵，是猛砸，砸向不公正的命運，砸向一道道未知的黑暗深淵，那些呼嘯徘徊的精靈請你過去看個體與命運的搏鬥廝殺。

《月光鳴奏曲》像陶詩，或者孟詩。鳥鳴蛙鳴都有，還有秋蟲的唧啾聲。難得老貝這麼平和這麼安靜，這麼田園牧歌，像我們兒時的歌謠：「月亮在白蓮花般的雲朵裡穿行，晚風吹來一陣陣快樂的歌聲，我們坐在高高的穀堆旁邊，聽媽媽講那過去的事情。」有時候又是陶淵明的「晨興理荒穢，帶月荷鋤歸」，或者這兩個聯想都不太貼切，它充滿了禪意，分明沒有一個人的痕跡，倒像孟浩然說的，「戲魚聞法聚，閒鳥誦經來」。

聽老貝，可以參悟很多道理：天才就是天才，學不來的。好作家見了更好的作家，不知他如何口吐蓮花，實在想不通，就如湯顯祖開始說天真話：「《四聲猿》乃詞壇飛將，輒為唱演數通。安得生致文長，令自拔其舌！」貝多芬的《第九交響曲》，可以聽到恐懼，可以聽到無奈，可以聽到安詳，可以看到天堂，可以看到五彩的人間。有一個指揮家談「貝九」：當我指揮第二樂章時，我總覺得，死神正在肩後注視我。聽「貝九」，讓我相信人應該有靈魂，死神總在窺視人的靈魂，而時間像一把斧頭，不斷在砍伐我們的身體，它是死神的信使，拿著死神的雞毛信。

二十世紀九十年代，鋼琴王子理查克萊德曼風靡全球，通過他，我們瞭解了《致愛麗絲》。這首名曲的背後有一個美麗的愛情故事。老貝一般不跟你纏綿，可他一旦柔媚與纏綿起來，不亞於秦觀與晏幾道，骨子裡全是柔情蜜意，酥軟酥軟的。這首鋼琴曲總讓我想起海子不成功的四段愛情，後來他寫了《四姐妹》：

荒涼的山崗上站著四姐妹 / 所有的風只向她們吹 / 所有的日子都為她們破碎

老貝曲中原名為特蕾莎的這個少女有福了，她將永垂不朽，海子筆下的四姐妹有福了，她們也會活在中國文學史裡。

得補充一句，說我音樂沒道行，不是謙虛，我連五線譜都不識。也許我還配聽老貝，因為我分明知道他要表達什麼。

《致愛麗絲》也讓我懷念遠方的一棵桂花樹，很多時候，我樂觀而自信，沒心沒肺。只有當我被懷念擊中時，我的語言一下子就白了頭。

三　以講課來修行

校園裡來了一群新年輕人。

上了一周課，幾節課結束時，教室裡都響起了熱烈的掌聲。這掌聲，並非表彰為他們授課，而是送給光輝燦爛的文化，是強大的文化與文明吸引了他們，是三千年文字金屬般的聲音充實了他們的耳朵，是典雅語言鑽石般的光澤點亮了他們的心靈。社會對九〇後的負面評價很多很多，我分明看到他們目不轉睛的眼神背後，是求知若渴，是追求優雅，是尋求對話與理解。

文字關乎尊嚴。因為英文，華彩褪盡的日不落帝國依然當自己是世界的中心，他們要保持語言的優雅與品位，看不慣粗俗不堪的美式英文，說那是野蠻醉漢的酒話。法國人以自己的文化傳統為榮，他們捍衛法語的決心和自覺性讓人覺得是不是過於自尊與敏感了，在他們眼中，母語神聖而崇高，容不得半點褻瀆與玷污，因為它們連接著巴爾扎克、伏爾泰、盧梭這一些文化巨人。網路時代，深處在垃圾語言的包圍之中，語言暴戾與語言暴力隨處可見，粗鄙狂躁的語言環境，讓人們失去了內心的寧靜，喪失了審美判斷。我依然相信，文字消失、文學滅亡不過是無知者的夢囈與危言聳聽。西方人說，詩歌冷藏語言，防止語言腐爛，最美最純的語言在詩裡，縱然它一時沉睡不被認知不被理解，可它一旦被啟動被發現，便可以豐富萬萬

千千的心靈。「落花遊絲白日靜，鳴鳩乳燕青春深」，杜甫的詩，十四個字，便勾勒出一幅唯美的畫面，青春後面配一個深字，有誰這樣形容過？文字猶如顏料與畫筆，搭配選擇的不同，散發的魅力與光彩便不同。這正是漢語最動人的地方，幾乎沒有一字多餘，最精簡的文字傳出了最豐富的意蘊。

以過來人的身份貶低、指斥青春一代並非難事，人與人之間可以有一堵很厚的牆，相互攻擊，彼此抱怨。年長者可以利用文化與道德上的優勢審判與規訓年輕一代，把他們說得乏善可陳、一無是處。我們時不時就會流露出貢高我慢之心，因為我們的知識、閱歷、地位，因為我們的職業、職稱與職務。

閱讀是一種修行。經典是一面鏡子，每個人照見的只是我們自己。閱讀沒有標準答案，一千個讀者眼中的一千個哈姆雷特並不要像真假美猴王一樣非得分出誰真誰偽。觀書觀人，實為印心。你看到什麼，證明你心中有什麼？經學家看見《易》，道學家看見淫，才子看見纏綿，革命家看見排滿，流言家看見宮闈秘事，你看到的東西，不過是你的心相的反映罷了，唯一需要追問和考量的是：你為什麼是這樣一種心相？你離大徹大悟還有多遠？

知識往往成為一種裝飾，一種炫耀，而不是修飾心靈，提升心智的法門，不是自我反省、回歸自我的途徑。其實，有學問的人文化修養與氣質未必高妙，而有文化修養與氣質的人也可能沒有太大的學問。大學教授開口惡語傷人者不少，唱戲的

梅蘭芳一輩子沒與人紅過臉。學問有時也會變成「知障」。就像我們日常生活所遇到的景象：一個將《紅樓夢》讀了五遍的人會看不起那些沒有完整閱讀原著或僅看過電視劇的人，但我們卻忘了，《紅樓夢》恰恰是一部要我們放棄對自我執著、放棄歧視、放棄傲慢，放棄分別，擁有平等心的著作。當王熙鳳打清虛觀小道士一巴掌時，賈母要出面安慰，可憐見的，這是誰家父母的小孩，她表現的是慈悲精神與菩薩心腸；當大家都要捉弄一個來自鄉下的劉姥姥，只有賈母以寬容的心態平等處之，沒有任何的偏見與機心，這叫智慧。真正的智慧當是修得眾生平等，沒有差別，如果讀書讀出了那麼多的妄想、分別與執著，不能捨妄歸真，捨迷歸悟，不能與真實的心性與人生展開對話與互動，那讀得再多又有什麼意義？

有時也會陷入自我反思，是不是也會以讀書人的傲慢去俯視芸芸大眾？當認為文藝作品只有自己理解正確時，是不是在進行知識的專政，是不是消除異己的聲音，是不是強制對他人洗腦？我們所認定的唯一正確有可能便掉進了人我是非的圈套裡，失去了溝通與對話的契機。

講課也是一種修行，每一間教室都可以成為道場，每一個老師也可以成為方丈。大家抱怨如今的校園沒有了沈從文、朱自清、梁實秋、余光中伶仃的身影，汽笛聲聲驅散了中文系蘆荻蕭蕭的蛙鳴，大漠孤煙遠去了，悠然南山也遁走他鄉，青年們的精神流浪在通俗歌曲與影視的在水一方，他們的心靈難以

響起詩詞的跫然足音，一代人的情感日見粗糙，女孩子不在林黛玉的瀟湘館外，卻在麥當娜的石榴裙旁。傷春悲秋的一瓣花香快要凋零斷絕了。我們滿可以指責傳統文化的淪落與不繼，黃昏深院再也看不到舊時明月與歸來春燕。

　　指責與抱怨很容易，同情、關懷與理解卻很難，但更有建設性。此地此景，是不是也要改變一種傳道方式，擁有一種善巧方便，貼近青年一代的心靈，來一次文化的還鄉。畢竟，佛有八萬四千法門，應對八萬四千種人群，只要我們心中深懷著信念：眾生皆具佛性，人人皆有求善求美之心，他們暫時不具備，是因為沒有人去給他們描繪，我們，可以為他們補課，哪怕他們根器似乎稍稍駑鈍了點。

隨記四則

一　文學沒人讀，新聞沒法讀

　　如果記者進入大觀園，會寫出怎樣吸引眼球的作品？黛玉葬花，或者會弄成《大觀園驚現葬花女》，寶玉指導平兒理妝，應該會是《曖昧：小叔為嫂擦胭脂》，湘雲醉眠芍藥茵，會不會處理成《春光乍洩：妙齡女白日醉臥青石板》？

　　這裡，可以看出文學價值與新聞價值明顯的分野。文學是回到人本身關心人，黛玉葬花，也在埋葬青春，讀者會深深感動，因為我們意識到自己生命裡最美好的歲月，有一天也會像花一樣凋謝；平兒理妝，見出寶玉的菩薩心腸，他的怡紅院，便是一座大雄寶殿，擔待所有受傷的青春與生命；湘雲醉眠，是青春裡最美的記憶和畫面，她睡著了，也許象徵著青春的美連身在其中的人都不知道。這些最純最美的情節，在新聞工作者的筆下，往往會成為增加發行量與點擊率的噱頭，感官的刺激會遮蔽豐富的人性層次與心靈內容，視覺的衝擊會取代內心的涵養與情感的交流。

大學也可視作大觀園。

那片楓樹林，那寂寞開敗著的百合花，草坪上的歌聲唱著動人的旋律，不太純熟的吉他單音和斷斷續續的和絃。是誰，在風雨中等待？等待著那個心愛的人。湖光塔影的流光裡，隱藏著多少暗語？所有真實的、虛幻的、美麗的、迷惘的生活片段，恰似靜坐在窗前值得一生去記憶的風景。當它隨風而逝時，除了美麗，誰能清晰地記得它的每一種色彩，誰能把它講述得像那個瞬間一樣真實。

武大前輩喻杉的《女大學生宿舍》曾風靡一時，影片清新活躍，展示了二十世紀八〇年代初大學生的新精神風貌，她們的追求、探索、歡樂和憂慮，成為那個時代的亮點。主人公匡亞蘭經歷了嚴酷的歲月滄桑，父親的早逝、母親的拋棄、心靈上重重傷痕。儘管遭受命運折磨，匡亞蘭卻自強不息、奮發圖強，不屈不撓過著有尊嚴的生活。她身上，青春儼然是照明的燈火，啟明的星光。

那個時代畢竟太過遙遠太理想化了，倒願意聽聽校園民謠裡的淺斟低唱，那淡淡的哀愁與莫名的傷感，

說了世上一無牽掛為何有悲喜 / 說了朋友相交如水為何重別離 / 說了少年笑看將來為何常回憶 / 說了青春一去無悔為何還哭泣

還有《文科生的一個下午》，輕輕撥著吉他，夕陽下輕輕吟唱的情景不知讓多少學子沉醉和嚮往。大學校園，應該有那些曾經讓我們無數次感動的歌，那些不經意間輕輕哼唱的曲子，應該是夕陽下撥琴唱歌看大雁南飛笑談將來的日子，應該記得那個夢中一次次出現、讓你快樂憂傷白衣飄飄的女子⋯⋯

如今，羅大佑老了，老狼累了，高曉松不幹了，樸樹不見了，許巍、水木年華也從俗了，詩人們轉行了，大學老師做課題去了，青春的書寫交給了一批媒體工作者，女大學生在網路裡變成了被全民消費的身體想像：《廈女大學生人流很大方：21 歲女生 40 多天做 2 次人流》《江蘇省調查顯示 500 例人流六成是在校女大學生》《大學生竟成「人流」主力軍性教育何時能成「主修課」》《女大學生人流分期付款醫院促銷海報惹爭議》，前不久武漢一家報紙首頁做導讀，配了個超大的圖片，標題是《華中師大女廁 2 分鐘擠滿 30 人女生跺腳等排隊》，細細一想，依然是情色暗示與身體想像。

常言道，文學沒人讀，新聞沒法讀。真是這樣。

二　請拉上你的拉鍊

賈寶玉在秦氏房間裡睡下，「秦氏便吩咐小丫環們，好生在廊簷下，看著貓兒狗兒打架」，初看這一閒筆，覺得好無聊，貓兒狗兒打架，有什麼好看的，不怕吵醒了屋裡午休的賈二爺？一次民間遊歷，才知道貓兒狗兒打架，還代指那難以啟

齒的延續種族之事，聯繫到可卿香豔的房間及寶玉的神遊太虛，不覺大快朵頤，原來一切都在為寶玉生命意識的覺醒鋪墊與烘托，曹公真是一枝神筆。

不直說羞於啟齒的性，以貓兒狗兒打架代之，這是節制，也是品位，更是優雅。字斟句酌代表著文化涵養，開口便可分出人的清濁高下，語言可以看出文化優越感、社會出身與地理方位。南北朝時，南方人稱北方人為「傖父」，罵他們粗鄙庸俗，格調低下，古籍中多現此詞，北人不知作何感想，誰要他們缺了一股鍾毓靈秀之氣呢？

傳統文化恥於談床幃，桑間濮上之事每每被道學家斥為淫邪，作家寫偷香竊玉時也躲躲閃閃，大膽點的如《西廂記》中「軟玉溫香抱滿懷，呀，阮肇上天臺，春至人間花弄色」云云，算得上典雅唯美，還不知招致了多少批評。正統文化不談私生活，不是虛偽做作，是堂堂正正，不是故作道學家，是實在上不得檯面。

文化教養之一便是教女孩學會羞澀，不要變成市井女人。英國人教女孩，Leg 是人體不太體面的部分，上流社會與中產階級都避用，用 limbs 代替。Breast（胸脯）也不雅，於是改成bosoms（懷抱），雞胸肉也就改成 white meat。

弗洛依德傳到中國後，大家更堅信了「食色，性也」的說法，並視此為人生兩大根本任務，進而視優雅為矯飾，視教養為偽裝，語言之粗糙無稽更不足觀。網路給粗鄙的國人又撒了

一把鹽，「給力」「蒜你狠」「蘋什麼」「薑你軍」「海豚族」「棉花掌」「糖高宗」「糖玄宗」屢屢可見，拿肉麻當有趣尚可容忍，到了「劈腿」「裝Ｘ」「草泥馬」「法克魷」「尾申鯨」「吉跋貓」「達菲雞」等，已經想不到這是曾有《古文觀止》，有唐詩宋詞元曲的國度。傳統文化被抽乾之後，低俗無聊噁心醜陋的語言僵屍橫行無忌，愚民與娛民風暴過後，弱智大量蔓延，惡俗遍地開花，清雅之氣蕩然不存了。

一個走在街上的紳士，褲子拉鍊沒拉好，叫難堪。很多人不但不覺得難堪，還公然拉開那道拉鍊，他們只認網路時代的價值尺度，眼球就是生產力，網路將傳統文化推進了深淵，培養出狂躁暴烈的唯利是圖之人，他們離那個文化的中國越來越遠了。余懷《板橋雜記》寫名妓劉元的一則，令人忍俊，某過江名士與之同寢，元轉向裡帷不交一言，名士拍其肩說：你不知我是名士嗎？劉元轉面過來，問，名士是何物？值幾文錢耶？現在，干氏母子出現在電視臺，污染公眾視線，也在問公眾：斯文廉恥值幾文錢？

中國人誤會了弗洛依德，其實他也只說對了一半。食與色並不同等，最簡單的道理是，問候遠方的父母：「今天，您吃了嗎？」你把它換成「今天，您性了嗎」試試看。

三　傅聰這次沒生氣

延安時期請來蘇聯芭蕾舞團演出，當時就有進步士兵編段

子：光著大腿在舞臺上跑，工農兵受不了。古代段子起源於民謠，現代段子起源已不可考，這一則估計算得上殿堂級開山之作，為如今段子開了先河。有趣的是，農民口味與貴族品味的差別，他們除了看到光滑的大腿，哪有藝術？訴之於感官與求之於審美的區分倒是相當清晰。

亂世裡講不得貴族情調，倪雲林清高，有潔癖，據說活生生地給私鹽販子張士誠鎖到馬桶上肆意羞辱，文化碰上了一個不講理的時代，誰有工夫跟你靠嘴巴和筆墨擺事實講道理。但大家還是覺得貴族與平民品味上有差別，不覺暗地裡羨慕失敗的貴族，有底線，有堅守，有所敬畏，不為所欲為，他們失去了江山，卻能贏得美學與歷史，如項羽。

一七九三年一月二十一日，法國巴黎協和廣場上人潮洶湧，路易十六被押上斷頭臺，路易王直到臨死前，仍堅稱自己無辜。他是在早上十時被押來這裡的，走上斷頭臺時，他高喊起來：「我清白死去。我原諒我的敵人，但願我的血能平息上帝的怒火。」路易十六的妻子瑪麗・安托瓦在一七九三年因叛國罪被送上斷頭臺處死。據說瑪麗・安托瓦被推上斷頭臺時，不經意踩到刀斧手的腳面，脫口而出：「對不起，我不是故意的。」一七九四年七月二十八日，堅決主張殺掉路易十六的羅伯斯庇爾也被送上了斷頭臺，歷史記載下了他受刑時的醜態百出：「他活像一條死狗。」說到底，還是貴族出身的有骨氣，頂得住，小市民一得勢如狼如虎，一倒楣，豬狗不如。貴族的標

杆，不在財富，在精神。

傅雷可算中國最後的精神貴族群的一員，他心中高尚的美學品味最終成了他生命裡的一瓣心香，不能容忍人性中的一切邪惡奸詐，於是斷然毀滅了自己。在《傅雷家書》裡，我們認識了傅聰，不愧是傅雷的兒子，頗得乃父家傳，性情執拗，容不下一點塵雜，傅聰彈鋼琴時對觀眾的要求幾近苛刻，不准遲到，不能拍照、不能走動，不能竊竊私語……否則他會大發雷霆甚至罷演。

傅聰嫉俗如仇，愛雅如命，他在兩岸三地不止一次兩次發火了，他不能容忍小農意識小市民情趣冒犯文明世界欣賞音樂的禮貌，也在用行動給世人上課，如今的瘋狂時代裡還堅守著貴族的理想。傅聰每日練琴八到十小時，手指都彈壞了，他認為偉大的音樂彷彿無窮無盡，永遠有新天地新境界等待著他去發現。他每次回國，總有人宴請他，為此，不得不請朋友為他撒謊，說有要事脫身，結果與朋友去吃蔥油餅。

幾年前傅聰來到了武漢，依舊是不變的黑色中式對襟長衫，不變的後梳長髮，標誌性面無表情的簡單點頭、欠身鞠躬，沉默而不發一言，然後用冷峻的眼神掃視全場。演奏的全部曲目均為蕭邦的傳世之作，曲目也是精心挑選的。《葬禮進行曲》《夜曲》《如歌》《船歌》《波洛奈茲幻想曲》……蕭邦早期晚期的作品，都被傅聰淋漓盡致地進行了詮釋。沒有亂拍照、亂鼓掌，連幾歲的琴童們也很安靜地聆聽演奏。傅聰這次

沒生氣。

四　緣來不拒，緣去不留

　　李零有名文《漢奸發生學》，言漢奸意識略約起源於漢代而發揚於宋元，至明清而極盛。春秋時期的孔子，經常跨國行動，門人多在「世界五百強」打工，沒見人罵他們是「魯奸」。伍子胥為父兄報仇，小家的利益高過了大家，為了一己之私，引狼入室，搬吳兵入郢，滅了故國，掘了楚平王之墓，還鞭屍出氣，後人也沒罵他「楚奸」，反而像對待夜奔的林沖一樣，滿是同情。胡蘭成要生活在春秋戰國，朝秦暮楚，騁騁遊士之風，未嘗不可。不過，後世明夷夏之辨，特別是近代國族意識高漲，憑胡蘭成如何口吐蓮花，強為詭辯，「漢奸」這頂帽子也摘不掉。

　　讀者如果僅從《今生今世》瞭解胡蘭成，也許會在優美華麗的文字裡迷失，其筆下，一路展開的，盡是悠悠人世的美麗風景，他獨一無二的文筆，骨子裡的才子稟性，讓你忘卻是非，忘卻民族大義，甚至唐君毅都要稱胡蘭成為「天外遊龍」，不是知識結構單一的學院知識份子可比的。史上胡以「謀士」與「策士」為日人所重，識見也超出只會埋首故紙的同儕。

　　胡蘭成既有小知識份子求為世用而不惜污身的痼疾，又有著所有男人的固有弱點。聽他談禪，談寶玉為貪嗔愛癡所困，不識那本性光明，不免可笑。真懂禪的只放下萬緣，獨自修

行，不會天天說的，弘一法師捐盡浮華事律宗，懶於世人談玄論道，多靜默守真，呵護一點靈光。胡蘭成寫再多的《禪是一枝花》，也克服不了男人的本能，擺脫不了沉重的肉身。

「張愛玲是民國世界的臨水照花人」，僅這一句話，為張愛玲可惜與不值的聲音便可煙消雲散了。愛情是一場精神上的門當戶對。胡蘭成的文筆，並不亞於張愛玲。稱一個女子為臨水照花人，再冷若冰霜的女子都會動心，這比鑽戒與玫瑰更能移人性情。都以為物質不可替代，其實無與倫比的甜言蜜語才珍貴呢。胡蘭成因看到《封鎖》，貿然前往見張，吃了閉門羹。正如張所說，「拒絕是最佳的勾引方式」。先讓胡碰了一鼻子灰，隨後她主動給胡打來電話，一來一往，張已無法抵抗胡的熱情與魔力，很快將胡視為精神知己。絕代才女終於「變得很低很低，低到塵埃裡，但她的心裡是歡喜的，從塵埃裡開出花來」。

張愛玲遇到濫情才子胡蘭成，一如王菲吟唱的《棋子》：「想走出你控制的領域，卻走進你安排的戰局，我沒有堅強的防備，也沒有後路可以退……我像是一顆棋，進退任由你決定，我不是你眼中唯一將領，卻是不起眼的小兵。」高傲的張愛玲對於真實的幸福總有隱隱的不安，塵世間的男女相悅與男歡女愛，在她眼裡太過奢侈，她不愛如生如死，卻愛欲仙欲死。坐在胡面前，她會突然問：「你的人是真的麼？你和我這樣在一起是真的麼？」她那麼千嬌百媚的一枝筆，卻描繪不出

白頭偕老與相伴一生。都說女人的直覺異常敏銳，果然，「歲月靜好，現世安穩」的誓言餘溫尚熱，胡蘭成就與漢陽的小護士小周打得火熱，後來的花花草草更多，不必盡述。

這對冤家，世人說得太多了。我欣賞張愛玲的絕交信，劈頭就是一句「我已經不喜歡你了」，第二句卻是「你是早已不喜歡我了的」，萬千委屈與無奈，多少淚水與掙扎，盡在這第二句裡。胡蘭成讀完此信，到籬邊路旁走走，竟「惟覺陽光如水，物物清潤靜正」，冷血至此，張愛玲當年真看走了眼。

古今情不盡，風月債難酬。緣來不拒，緣去不留。塵世之事不必去做道德裁判，在佛家看來，也許這便是他們註定的愛恨糾纏。胡蘭成自己也說：「情有遷異，緣有盡時，而相知則可如新，雖仳離訣絕了的兩人亦彼此相敬重，愛惜之心不改。」張、胡二人分手之後，仍藕斷絲連，亦可作此解。

宋詞元曲可以，流行歌曲為什麼不可以？

　　這是一個全民唱歌的時代。從超男超女到模仿秀，從同一首歌到星光大道，從幻想成名的少男少女到明星真刀實槍的比拼，從中國好聲音到我是歌手，一道道文化景觀令人目不暇接。作為中國精神制高點的北大，前校長許智宏不止一次在學生面前唱《變心的翅膀》甚至《老鼠愛大米》，不但沒有遭受人文精神淪落的指責相反還收獲眾多掌聲，讓人不得不感歎這真是波茲曼所描述的娛樂至死的年代。這還不算，二〇〇七年，浙江衛視推出了一檔令知識精英詫異不已的節目：《我愛記歌詞》，它終極比拼的是誰能夠記更多流行歌曲的歌詞。這一舉動暴露了這檔節目的圖謀和野心——要將業餘愛好或休閒娛樂強化為系統教育，將大眾文化塑造成一種知識體系，藉以占據心靈。

　　敏銳的學者們開始打量這種占絕對統治地位的娛樂形式，它會繼宋詞元曲後成為「一代之文學」嗎？一九九六年，北大出版社出版了謝冕、錢理群主編的《百年中國文學經典》，第七卷八〇年代的詩類作品中選入了崔健的搖滾歌曲《一無所有》

和《這兒的空間》。陳思和主編《當代文學史教程》專闢一節討論了《一無所有》，盛讚「在藝術上達到了堪稱獨步的絕佳境界」。新世紀來臨後，流行歌曲不斷被選入語文教材及以學生為目標人群的人文素質讀本，不僅大陸在嘗試，臺灣也有人勇於吃螃蟹。流行歌曲已大踏步地邁進了貫穿小學、中學、大學全程的語文教材。入選教材確立了其「準經典」地位，也似乎為它成為「一代之文學」做了一些小心翼翼的民意測驗。

把流行歌曲納入文學的討論範圍，不可忽視一個大前提，即全球範圍內都在經歷文字文化的顯著衰退期，大眾文化的興起既是其衰落的症候也是逐使其進一步衰落的緣由。作為大眾文化重要門類之一，流行歌曲在蠶食文學的同時也不失時機地表達了自身訴求：文學面臨危機，需要重新定義。後馬克思主義理論家們提出用「一種普遍共用的文化」作為解決文學危機的途徑。將流行歌曲視為「一代之文學」即是具體操作之一。

流行歌曲會成為一代之文學嗎？不妨回到具體的學術語境。金元以來不斷有學者宣導歷朝文學各有所勝之說，後經王國維《宋元戲曲考序》論述而為人耳熟能詳。歷代文學各有勝擅，突破了文學史一直以詩文為尊的等級觀念，以開放包容的審美眼光，揭示出不同時期文學體式豐富多彩、不斷迭興的本真面貌。王氏倡「一代有一代之文學」，深含著為元曲鳴不平以期喚起世人對其價值重估的焦慮。他感慨「獨元人之曲，為時既近，托體稍卑，故兩朝史志與《四庫》集部均不著於錄；

後世儒碩皆鄙棄不復道。……遂使一代文獻，鬱堙沉晦者且數百年，愚甚惑焉。」於是將元曲與唐詩、宋詞等並列，實有為曲爭地位的心理動機。不錯，正是「一代有一代之文學」理念構建的開放視野，為每個時代尋找代表性的文學樣式預留了空間，也從理論上預設了流行歌曲為「一代之文學」的可能性。

不過，值得注意的是，以文體遞嬗觀念考察文學樣式者代不乏人，王國維說到了點子上，有人的判斷卻出了錯。明人卓人月《古今詞統序》云：「我明詩讓唐，詞讓宋，曲又讓元，庶幾《吳歌》、《掛枝兒》、《羅江怨》、《打棗竿》、《銀絞絲》之類，為我明一絕耳。」卓人月才、學、識均屬上乘，但他於明代民歌的評價不免有拔高之嫌，很少有人能接受唐詩、宋詞、明歌並列的提法。遠見卓識如卓人月，尚不免犯研究者的兩大通病：一是沒有拉開足夠的心理距離，有意或無意拔高研究物件，不能恰如其分地公允評價，成為事實上的「武斷的文化史家」；二是沒有拉開足夠的時間距離，不能跳出文化現場、「身在此山中」影響了視線與判斷。卓人月的誤判對今天的啟示是：現在斷言流行歌曲成為一代之文學是否過早，我們是否被現象所迷惑，是否擁有了足夠廣闊的學術視野，是否有過對文化現象足夠的反省、批判與質疑，是否擁有王國維般廣收博采成一家之言的學術能力？

以「一代之文學」衡之於流行歌曲的研究者，也許忽略了王國維這一提法的文化語境與真正用心。王國維寫《宋元戲曲

史》的年代，正是京劇舞臺藝術如日中天之時，這一點與當下流行歌曲紅遍大江南北如出一轍，但王國維並非為當時流行的、強勢的、占主導地位的藝術尋找合法性證據，（這一點與今天學者大不相同，我們太熱衷於為現存事實提供學理支撐了）他有嚴格的學理尺度和獨立的價值判斷，表現出「雖千萬人吾往矣」的學術勇氣：「明以後無足取，元曲為活文學，明清之曲，死文學也」，當國人在京劇藝術裡如癡如醉之時，他的這番表態猶如空谷足音雄視古今，充滿了文化自負與學術自信。再者，王國維論元曲獨標其文字而非將其當作舞臺藝術進行考察，這與其「僅愛讀曲，不愛觀劇」的人生喜好有關。今天戲曲學已演化為包括案頭與場上在內的立體研究，王國維的研究方法自有值得商榷之處，但不得不佩服他對元曲文字震古鑠今的價值發現。元曲自明萬曆年間就基本無人能唱，它的音樂、唱腔已湮滅不聞，其文字卻熠熠生輝，在含蓄蘊藉風格之外另闢本色的審美向度。對尚活在舞臺上的明清之曲，他抱以冷然的態度，因為文字並未帶來令人耳目一新的藝術創造，至於京劇，已由作家中心轉向演員中心，文字上更無足觀了。

如此，王國維「一代之文學」的說法實則包含這樣的內容：不管當下多流行，一時的影響多廣泛，它必須作為「案頭文本」接受審查——是否做出別樣的藝術貢獻，提供了不一樣的審美價值？換句話說，流行歌曲如果要取代詩成為當代文學的代表性樣式，它就必須接受成為文學經典的資格審查（嫻熟

的形象語言、原創性、認知能力等）並服從於文學中心主義的價值標碼。

　　問題就比較明晰了。暫且不說流行歌曲無法企及二十世紀人類所達到的精神高度，僅從對現代漢語的探索與貢獻而言，流行歌曲也不能與現代詩平起平坐。傳唱最廣的那些歌曲，脫離了音樂、偶像、舞臺、畫面，純從文字評價，除極少數直接移植古典詩詞或現代詩外，大多數詞作令人失望，它們不過是琅琅上口的順口溜，其語言粗糙俗濫乏善可陳。雖說歌詞「譜曲可唱，離譜能賞」，前蘇聯詞作家伊薩柯夫斯基也稱：「好的歌，它的詞都具有不依賴音樂的獨立藝術價值」，但能符合此標準的作品少之又少，被視為搖滾經典的《一無所有》，研究者不乏溢美之詞：「搖滾的基本言說風格，即是一種完全投入、直接表達而又毫不掩飾的風格」，但抽離掉「一九八六年的那個晚上」的音樂現場以及大眾寄予搖滾整合斑駁破碎當代史經驗的企盼，單就歌詞而言，《一無所有》不要說與李、杜那樣的文字大家不可同日而語，就是與郭沫若那些激情有餘、凝煉不夠的詩句也有較大差距。方文山的「中國風」依稀有宋詞的背影，如果說李後主是「粗服亂頭不失天生麗質」，那麼方詞則是珠光寶氣掩不住粗服亂頭。《青花瓷》通篇古典詩詞意象，諸如「你隱藏在窯燒裡千年的秘密，極細膩猶如繡花針落地」，「簾外芭蕉惹驟雨門環惹銅綠，而我路過那江南小鎮惹了你」，為了上下句工整而不惜拼湊字數，缺乏節奏感，整首詞意象散

亂，色彩迷離，為文造情痕跡明顯。而現代詩，經由一代代詩人的摸索，對語言的張力與內在節奏的把握已取得令人矚目的成就。以鄭愁予《錯誤》為例，他也寫江南意象，也有分別的輕愁，「我打江南走過／那等在季節裡的容顏如蓮花的開落」，短短數句，純淨俐落，清新輕靈，絕不玩弄文字遊戲或堆砌詞藻。「我達達的馬蹄是美麗的錯誤／我不是歸人，是個過客……」清新淡雅的數筆，就做到了「狀難寫之景，如在眼前；含不盡之意，見於言外」，令人回味無窮。與《青花瓷》相比較，兩者高下立見。《青花瓷》右歌詞中尚屬上乘之作，至於滿街飄著低俗的《縴夫的愛》、《老鼠愛大米》、《香水有毒》、《東北人都是黑社會》、《傷不起》，令人想起義大利作家卡爾維諾痛心疾首的語言瘟疫：「人們總是隨意、粗率、馬虎地使用語言，而這使我痛苦得難受」，「一場瘟疫已經傳染了人類最特殊的天賦——對文字的使用」。

中外文學都遵循一個共同的規律：「最強有力的詩在認知和想像上都太艱深，在任何社會階層中，或不論在什麼性別、族裔以及民族中，都只有少數人才能深入閱讀」。（哈樂德‧布魯姆《西方正典》）作為詩的國度，大家似不能接受詩日益小眾也就是回歸其本然狀態的現實，無意識中總以八〇年代的詩歌狂熱衡量現代詩，在失望之餘只得找到流行歌曲作為替代品，忽視了歌詞與現代詩並非順著詩詞曲的軌跡進行文體進化，也忽視了兩者間的明顯分野：詩不依賴世俗力量，流行歌

曲則追求更多的認可;流行歌曲在欣賞上並不需要特別的訓練,其主要功能是娛樂,而詩歌的審美感悟充滿著艱辛的愉悅,在文字的隱秘之路上獵奇探勝,拒絕輕易得來的快樂;相比歌曲,詩歌是乏味的,乏味也許是氣餒感的別名,因為詩「並不面向那些受過一般教育的人;它要求特別的才具;它說著一種特別的語言」;歌曲的語言以能為多數人接受為目標,詩的語言,卻在於「創造抗體,抑制這場語言的瘟疫」,流行歌曲是訴諸於聽覺與口頭,詩需要閱讀,「閱讀在其深層意義上不是一種視覺經驗。它是一種認知和審美的經驗,是建立在內在聽覺和活力充沛的心靈之上的」。(卡爾維諾《新千年文學備忘錄》)

歌詞的價值賦予依賴於這樣一個功能系統,這一由五光十色的舞臺、時尚靚麗的明星、旋律優美的音樂、動感十足的舞蹈等組成,如果將歌詞從這一系統中剝離出來,其價值便大打折扣,他與純以文字為媒介的現代詩運行在不同的軌道上,兩者不構成取代關係。

也許還會有人質疑:宋詞元曲不就是當時的流行歌曲嗎?它們為什麼可以成為一代之文學,而當下的流行歌曲不可以?就深度介入民眾生活進而影響大眾精神而言,三者是相同的,但當下流行歌曲所處的文化生態,與前兩者又有明顯不同。

首先,宋詞元曲所處的年代,並無明確的文化工業概念,而流行歌曲的製作,遵循文化產業的生產標準。以值規律為基

本法則的商業運作是大眾文化的巨大牽引力，商業運作必然以迎合大眾口味、製造流行、創造利潤為根本目的，這種理念指導下的流行音樂產品一如法蘭克福學派主將阿多諾所稱的「偽個性」、大量的模仿，標準化生產，以滿足粗鄙人的品位為法則，同時宣判精英主義為思想犯。在音樂選擇上，則最大限度的通俗化和大眾化，一些嗲聲嗲氣的愛情歌曲或一些粗製濫造的網路歌曲，甚至將通俗演變為庸俗、低俗。

其次，宋詞元曲經典地位的確立，雖然也是一種意識形態運作的結果，但整個過程來自於歷史上具有文化公信力的學者的推崇與發現。而今天的流行歌曲的廣為人知，背後少不了傳媒的推波助瀾。媒體越來越滲入生活的每個角落，大眾的思維越來越依靠媒體並終究無法逃離被捲入其中的命運。媒體文化的種種形式誘使個人認同於占優勢的意識形態、立場以及表徵等。並非嚴屬的意識形態教化誘使人們讚同時尚流行的生活方式，是媒體和消費文化所帶來的娛樂使然。媒體娛樂通常極令人愉快，且聲光與宏大場面並用，在表面快樂的體驗下，受眾慢慢認同了媒體的觀念、態度、感受和立場等。這可以解釋娛樂選秀節目如超女快男、星光大道為何異常火爆，因為缺乏必要媒體素養的大眾事實上接受了媒體霸權的奴役。全球的情況如出一轍，最重要的傳媒平臺為固定文化人群所掌握，大眾文化傳播的內容亦由特定人群所掌控，大眾則處於被動接受的狀態。能學會閱讀、批評和抵制媒體的操縱，獲得與占主導地位

的媒體與文化打交道的人只是少數精英。若大眾不能提升面對媒體文化時的自主權，不能擁有更多駕馭文化環境的力量及創造新文化形式的教養，傳媒壟斷思想與信仰、塑造大眾價值觀的作用還將長久存在下去，流行歌曲也必將作為一道文化景觀長久地存在下去。

再者，資本與傳媒的聯姻。龐大的娛樂業集團受商業驅動，通過文化從業者迎合大眾的藝術趣味，它又與媒體聯動，將流行歌曲刻畫為當代生活中一種即時的、無所不在的生活方式，不按這種方式生活的人被描述成古板僵化守舊，同一首歌和超級女生等活動大獲成功一方面固能滿足文化娛樂需求、為草根營造上升通道，它們所引發的全民狂熱卻與資本、傳媒不遺餘力地塑造底層無知有莫大關係。在底層狂熱與底層無知的背景下，藝術輕易地被商業僭越，其內涵被掏空，成為貼金的符號和標籤。

流行歌曲不會成為「一代之文學」，理由還在於，流行歌曲是一個全球性的現象，中國流行歌曲是全球文化產業或全球流行音樂的一個組成部分，如果流行歌曲在中國成為「一代之文學」，全世界的文學史是不是都要改寫？

答案顯然是否定的。在這個文學的末法時代，當日漸流行的文化相對主義使得很多批評家開始混淆視聽，視對經典的堅守為固執保守、因循守舊、不能與時俱進時，當有人大膽斷言流行歌曲也會成為文學經典時，當大多數人以審慎樂觀或辯證

圓融的觀點看待流行歌曲的一統江湖時，文學的大門需要哈樂德‧布魯姆一樣堅定的守衛者，核實試圖混入文學城堡者的身份證。也許我們還該聽聽來自文化產業中心美國學者的告誡：「流行電影沒完沒了地續拍，電視、流行音樂和其他媒體文化形式中的同類事物沒完沒了地迴圈，這對未來的時代來說，可能是一種極為原始而又野蠻的東西。」（道格拉斯‧凱爾納：《媒體文化 —— 介於現代與後現代之間的文化研究、認同性與政治》）道格拉斯‧凱爾納所論囊括了今天占主流地位的大眾文化形式，流行歌曲亦不能自外。他的當頭棒喝值得注意，當越來越多的人宣稱流行歌曲為「一代之文學」時，我們是不是需要一份克制與冷靜？

輯四

翻轉生命，朝聖之旅

未知死，焉知生

一

　　孔子一生顛沛流離，周遊列國十餘載中，有幾次都是命懸一線，差點丟了老命，雖說狀如喪家之犬，但妙在老人對生死處之泰然，門人疑懼之際，只有他弦歌不輟，淡定自若，既是自信滿滿，又是視死如歸。學問到了這份上，是真學問了。

　　讀書做學問，從小處說，是安心，從大處說，是了生死。但有時讀書越多，迷惑也越多，明明自己誤了書，反說為書所誤，蓋因目標、方法、路徑均出了問題。禪宗二祖慧可出入儒道，已為當地有名讀書人，聽聞達摩在嵩山，不惜斷臂求法，學費不可謂不高昂，志心不可謂不堅定，所為的，只是一個根本性的困擾：吾心未安，求大師為我安心。達摩也只是輕輕一句：將汝心來，吾為汝安。慧可尋心不見，說：覓心了不可得。達摩便說已經幫你安好了心。這一問一答，慧可立即大悟：安心只靠自己，非外力所能為也。這一公案對今天學人來了一個善意的提醒，學習並非為了獲得多少知識碎片，關鍵在

於能否回到自己，自覺自悟。

　　心既不能安，了生死則無可能。趨利避害，貪生怕死，既為人之常情，又是無明遮蔽、學問不得力的真實體現。禪宗直逼一句：「境界現前時，如何？」這一逼，讓多少淵博之士與盜名欺世者現了原形。生死關頭，正是勘驗學問見識的試金石。只為一個「怕」字，錢謙益以水涼為藉口，不敢跳水殉國，他縱為一代名儒，著述等身，後人看其眼光，總打了大大折扣，或者說──書並沒有讀通。

　　這不通，多少與孔子有點關係。孔子肯定是認真思考過死亡這回事的，據我猜度，他還有一個不太悲觀的結論，死並不可怕。但當門人問他時，作為教育家的他，深知各人根器不一，再說社會這麼亂，關心這些亂力怪神的事沒有多少必要，於是以「未知生，焉知死」作答，意在提醒弟子，人活在活生生的現實中，少談那些好高騖遠、玄虛高渺之事。這一禁區的設置也許並沒有惡意，後人卻成了教條，把人盡往現實方面引，好處是將中國人變得腳踏實地，勤奮務實。壞處也同樣明顯，只求今生，不求來世，養生、貪生、全生，發展到極致，變為妄誕地追求長生、永生。總之，是不敢正視死亡，害怕死亡，缺乏對生命的觀照能力。

　　口喊著「餓死事小，失節事大」的道學家們，不知道有多少在刀架在脖子上時還大義凜然的，如果沒有對死亡的觀照，如果死了死了，一死百了，什麼都沒有的話，那留取丹心照汗

青有什麼意義，那流芳百世與遺臭萬年又有什麼區別？岳王祠跪著的秦檜夫婦，可並不是真人呢？

死若烏有，生又何歡？既然是死亡才使生命有意義，才使善惡美醜得以區分，孔子的話應該倒過來：「未知死，焉知生。」希臘導演安哲羅普羅斯《永恆的一天》裡，一個老人知道自己去日不多，於是把自己該做的事情一樣樣去做。大部分時候，看不到這個終點，人們反而把大好時光浪費在一些無意義的事情上了。正因為有這個臨界點，才知道生命中到底什麼最重要。

常人眼中，死不只是世間一切的結束，也是時間之流的終點，人一出生就開始走向死亡。禪宗卻主張「於生死岸頭得大自在，向六道四生中遊戲三昧」，對於俗眾害怕的死亡，唐代的隱峰禪師開了一個大大的玩笑。在行將入滅之際，他問眾人「諸方遷化，坐去臥去，吾嘗見之，有立化也無？」眾人答：「有。」既然坐著死，睡著死，站著死的都有，那麼，隱峰追問：「還有倒立者否？」這下眾人都聞所未聞，於是，禪師便讓大夥開了開眼界，來了個「倒立而化」。把死亡玩成藝術、玩成美學的禪師大有人在，天童宏智禪師臨終一偈：夢幻空華，六十七年；白鳥淹沒，秋水連天。眾人貪生求生，他卻將死亡視為秋水連天的大美，真是「無掛礙故，無有恐怖」。

二

　　肉體在時間裡衰朽，腐爛，命定的死亡。死亡到底是怎麼回事？從來沒有一個人死亡後能活著回來告訴世人，死亡並不可怕。中國最偉大的本土聖哲，非老莊莫屬。莊子鼓盆而歌，狂蕩不羈，最為儒家詬病，但莊子在《齊物論》裡反擊道：

> 人們貪生怕死，有如邊鄙美人麗姬，害怕嫁到晉國，
> 誰知到晉國吃香喝辣，無比快活，她想到當初死活不
> 肯出嫁是不是很可笑？人們要是真正到了死亡的領
> 地，難道不會嘲笑當初害怕死亡的可笑？

　　莊子對死亡看法可能只是推測，也可能是故意與儒家抬槓，儒家喜歡過份表達死亡的哀戚之情。儒家在莊子眼裡很小兒科，缺乏超越界的眼光，只會看到現實社會中的人和事，因此，儒家很累很累。不過，孔子並沒有否認超越界的存在，只是，他太在意世間了，「六合之外，聖人存而不論」，於是將神秘界排除在討論之外。《孔子世家》倒是寫到了孔子的瀕死體驗，他夢見自己殯於兩階之間，對子貢說：我的前生應該是商代人吧？《史記》厲害在細節，很毀三觀，像這樣的細節後世的史書記載少了，以為譖妄不經。多少年前唐浩明的《曾國藩》對曾氏瀕死體驗有過詳細描述，我記得的是他不止一次回到湖

南的家鄉，見到了故去的祖父等。《閱微草堂筆記》有大量的神神鬼鬼故事，紀昀並非故意談狐說鬼，而是嚴守史家「實錄」原則，以「發明神道之不誣」。

古人幸福指數高，部分緣於敬畏，緣於「人在做，天在看」、「舉頭三尺有神明」的理念。後來，西方人打倒了上帝，中國人堅持無神論，人類便只能在一望無際的荒原裡流浪──耗完了這一生後，反正都是虛空，好人壞人無所謂。

飄洋過海的莊子能獲得世界性聲響，他確實有了不起的地方，看透死亡的人都了不起。紀德常常「懷有一種死的懇切」，也是勘破了生死大關的智者。英國詩人濟慈的墓誌銘寫著：「這裡躺著的是一個姓名寫在水上的人。」（Here lies one whose name was write on water.）司湯達的墓誌銘則是：「活過，寫過，愛過。」（visse，scrisse，amò）一副無怨無悔的樣子，又謙虛又傲慢，十足陽剛，彷彿是笑著進九泉的，真的無愧此生了。

把死掛在嘴邊的，佛門中人有淨宗十三祖印光大師。他的關房牆壁掛著個大大的「死」字，他手書「死生事大」，以此拈提學人。有一次在黃梅四祖寺短期禪修，一天工作結束，敲鐘休息，會有人大喊：「是日已過，命亦隨減，如少水魚，斯有何樂？」以惕勵修行者人身難得，時光不再，勤奮修習。有人問北條見敬，「禪是什麼」，北條答：「若有切腹的勇氣，就來參禪吧！」又和死聯繫在一起了。這句話，真該讓今天把禪當作「啜飲一杯午後茶」的文人雅士、都市白領們聽聽。

三

　　文學聖徒木心橫空出世於前幾年。一個被文學史遺忘的人，一個現實世界的失敗者，一個視藝術為生命，不苟且、不妥協於粗鄙世間與政治高壓的隱者，木心心中，最偉大的人是陶潛，想必也是為自己代言。他的《文學回憶錄》跑火車的部分妙趣橫生，讓人愛不釋手。木心推崇福樓拜，讚賞這句話：「藝術廣大至極，足可占有一個人。」

　　藝術廣大至極，能了生死嗎？

　　還是禪宗的逼問：「境界現前時，如何？」

　　陳丹青《草草集》詳細記錄了木心的瀕死過程，題目叫《守護與送別——木心先生的最後時光》，一個睿智的大腦陷入昏聵的境地讓人不忍卒讀，那曾經偉岸的身軀行將塵當塵、土歸土，曾經的妙語連珠只剩下了胡言亂語，而那些曾經親切的問候變成了目光呆滯與茫然，木心雖笑談生死，陳丹青筆下的木心之死，實在有幾分淒涼與悲苦。

　　要說服人們相信死亡只是肉體生命的消失並非易事。佛祖無所不能，也承認要世人相信有西方極樂世界難上加難，《阿彌陀經》裡說：「為一切世間說此難信之法，是為甚難」，虔誠的佛教徒堅信念佛可求生西方極樂世界，不用受六道輪迴之苦。如今是一個懷疑的時代，也是一個科學的時代，俗眾大呵一聲：拿證據來！佛教徒便左支右絀了，我看過不少人講解的

《阿彌陀經》，勸人念佛往生，進入涅槃境界時，只好搬出佛祖最講誠信、從來不會撒謊來作為證據。歷代兼弘或專弘淨土宗的祖師大德，為悲憫眾生而著書立說，旨在催邪顯正遣蕩疑網，令眾生生起決定信心獲得殊勝法益。但是，在科學精神深入人心的今天，無論大德們如何苦口婆心，都難以令眾生相信。《西藏生死書》關於肉身死亡，靈魂如何分離，如何尋找下一個寄居之所有詳細的描寫，在西方世界有廣泛影響，但要讓當今被金錢折磨得紅了眼的中國人相信，難。因為當下中國讀書的人太少了，大家都在刷屏。

莊子憑什麼就相信死亡只是一次從有到無的回歸，這個過程應該高興不該痛苦？

科學重實證，西方學術無禁區，就有幾個不信邪的人用科學方式探討死亡的秘密。「死亡與瀕死夫人」庫布勒・羅斯年輕時曾在奧斯維辛集中營，發現即將進毒氣室的猶太囚徒用石子、指甲在牆壁上刻下很多蝴蝶的圖案，每一間牢房裡都是蝴蝶，為什麼是蝴蝶？由此她開始了漫長的科學探索。經過十幾年研究，她終於明白蝴蝶原是對痛苦的「解放」，對生死恐懼的「解脫」，生死不過是一次淒美的蝶變，生命在靈魂離開身體的一瞬就像蝴蝶破繭而出，脫離了層層的束縛，自由自在地飛翔。這樣一來，莊子夢蝶，梁祝化蝶便可以理解了。羅斯夫人通過對死而復生者進行訪談，發現他們都有一個共同的體驗——在瀕死體驗中，人們都會遇到一束光，那束光是宇宙能

量的源頭，有些人將它稱為上帝，其他人則認為它是基督或是佛陀。但每個人都認為，他們被漫無邊際的愛包圍著，那是世間最為純粹最為無私的愛。這些死而復生的人稱，帶著警示的預言返回人間，他們從那束光中領悟到，生命的意義只有一個，那就是愛。

羅斯夫人的結論是：「死亡並不真正存在，人生最難的功課是學會無私地去愛。」

我懷疑，莊子曾經有過瀕死體驗。

四

羅斯夫人之後，還有幾位致力於揭開死亡秘密的人。

亞歷山大，一位供職於哈佛大學醫學院的資深神經外科大夫，他依據自己的親身經歷講述了一個瀕死奇遇的故事。那一刻，他不僅看到了蝴蝶，還體驗到更為豐富的瀕死覺知，比如瀕死時那束神秘的光，比如看到他們信仰體系的神或者耶穌，還有他未曾謀面夭折的妹妹，神秘的光，類似於佛經裡的無量光，靈性所去的地方充滿愛與祥和，類似於西方淨土的種種描述。這對於世俗觀念所以為的「死亡不過是 ICU 技術高地的失守，是停藥、停電與關機的意外」來說，不啻於當頭一棒。這本書的名字叫《天堂的證據》。

辛格的《陪伴生命》認為：臨終是一段自然開悟的歷程，一段最終回歸真我的返家之旅。人的死亡是更高的能量滲透生

命的時刻。她本人十分珍惜陪伴的體驗，莊嚴神聖的陪伴不是置身事外的觀察、想像和自我詮釋，而是與病人同在，通過對話更加懂得病人，對病人的苦難有一種深度的共感。陪伴時刻感覺自己被超越個人的巨大力量所撕裂，也感受到無限的慈悲與智慧。正是通過陪伴使她更多地理解死亡，對生命旅程的認知也更加深刻，我們的生命變得更大氣，更完整，更開闊，也更真實。

在他們筆下，人的死亡相當於畢業，死亡時，人們可以像一隻破繭的蝴蝶，擺脫一直禁錮靈魂的肉身（這有點像古希臘聖哲柏拉圖說的「身體是靈魂的監獄」），那時，會遠離痛苦，遠離恐懼，遠離憂慮……就像一隻自由自在的蝴蝶那樣，飛回上帝身邊……在那裡永遠都不會感到孤單；在那裡會繼續獲得成長，終日載歌載舞，在那裡與愛的人在一起，享受身邊無盡的愛。

近年一部關於臨終關懷的日本電影《入殮師》為全球觀眾所熟知，電影改編自青木新門《納棺夫手記》。青木非常推崇日本淨土真宗開山祖師親鸞上人。知識份子信禪宗，學維識，但要相信淨土宗的說法，有點困難，因為淨土宗宣揚只要念佛，便可往生西方，這實在不可思議。青鸞上人認為只要念佛，無論善惡都能得救，甚至不需要長期的苦修。青木新門是相信這一學說的，因為書中的納棺夫看了那麼多遺容，也的確有黑社會大頭目，死的時候很安詳。

佛教主張放下屠刀，立地成佛。但問題就來了：如果無論善惡，只要念佛，都能得救，那豈不是陷入到一種悖論？一如「信上帝得永生」，會引人質疑：好人若不信上帝，是否會下地獄？壞人信上帝，是否也得永生？

　　關於這一點，新教給出了否定的回答。約翰·喀爾文認為，上帝的意旨是不可測度，不能徑說信上帝得永生。如果真信上帝得永生，就變成你可測度上帝之意，上帝也就不叫上帝，也不是造物主了。

　　常人死亡時看到的那束神秘的光，大惡之人是否也能看到？如果大惡之人也能看到，那世上的人學好學壞有什麼區別？這也許是羅斯夫人她們研究的一點缺陷，因為大惡人不可能配合她們的研究，他們的採樣物件，只會局限於充滿善意對靈性生命有著強烈興趣的人。

　　儘管如此，羅斯夫人還是對人類進行了忠告——

　　我們應該將所有生物都看成上帝賜予我們的禮物，上帝創造它們，是為了讓我們更加快樂，讓我們為了子子孫孫學著去愛和尊敬這些生物，去珍惜和守衛它們，並且用同樣的愛心對待我們自己，我們不必對未來感到恐懼，而是應該更加珍惜它。

　　我們每個人心中都存在著超乎自己想像的善，它讓我們不求回報地付出，不帶偏見地傾聽，並且無私地去

愛。

　　曾有一次，偶翻弘一傳記，「華枝春滿，天心月圓」八個
字令人久久回味，多圓融的生命境界呀，任世人如何以凡揣
聖，以凡斥聖，僅八字，可能需要一輩子才能參透的公案。
　　還是禪師們樂觀：「既是巢空雲又散，春深猶有子規啼」。
陳丹青沒有必要為木心的去世過分悲傷，木心能了死生，陳丹
青就不該執著，應該像孔門師生那樣，意氣風發，了生脫死才
對呀。

科學攻到了人文的城下

　　前不久，認真地追了一部美劇《西部世界》，它改編自一九七三年的同名電影，當時很多人認為這種科幻世界的場景是天方夜譚，永遠都不可能實現。僅僅過了四十多年，估計再不會有人懷疑藝術家的前瞻性與深刻的洞見了。相比電影，諾蘭導演更懂得如何用叢生的懸念來緊扣觀眾心弦，幾使人廢寢忘食，急切地追問謎底。看完後一想，其實還是美式科幻的老套路：機器人能否具有自主意識？這一思想源自英國天才科學家圖靈的著名假設，機器人一旦成功矇騙人類隱藏自己的機器身份，即通過了圖靈測試，就表明它擁有了真正的自主意識，不再是人類可以操縱的工具，一如亞當夏娃有了自由意志，就可以反抗創造他們的上帝，那時人類將又一次站在十字路口。這幾乎成了西方人近幾十年來或明或暗的不祥預感。好萊塢相當部分科幻電影的思想基石即構建於此，《機械姬》《她》《人工智慧》《我是機器人》，早一些的《終結者》，更早的《二〇〇一太空漫遊》，莫不如是。在知識界，圖靈的預言也是一條揮之不去的魔咒與夢魘，折磨著、警示著也啟示著人類，庫茲韋

爾的《奇點臨近》，近年火遍全球的《人類簡史》《未來簡史》均承襲著這一思想脈絡。

套用愛因斯坦的一句話，這個宇宙最不可理解的地方在於，宇宙竟然是可以理解的。理解的最基礎工具是數學，數學是宇宙構成的基本語法，它不僅可以助人瞭解外在世界，也可以模擬自身。李逵抱怨江湖好漢今天宋公明，明天及時雨，不曾一見，不料宋江就在眼前。如今的情況是，今天人工智慧，明天人工智慧，可不，人工智慧真的來了，它攻城掠地所向披靡，引發有識之士的恐懼與驚慌。據說詩歌、音樂這類需要情感與靈魂的藝術是人類最後的聖殿，就連這人類專屬的私密領地，人工智慧也翻牆而入了。機器人作詩讓專家學者無法辨別真偽，作曲更讓人誤以為是貝多芬、蕭邦與拉赫馬尼諾夫的手筆。在一些可替代性更高、更機械、不需要主觀能動性的領域，人工智慧更是大顯身手，新聞報導機器人在九寨溝地震報導之神速與專業，令被肉身束縛的新聞人徒呼奈何。

一切的一切，都指向了人文學的最核心問題：人真的是自己所宣稱的那樣是上帝的選民嗎？我思故我在，人類相對於其它物種的特殊性在於思想，因思想而造就令輝煌燦爛的物質與精神文化，人類千百年聰明才智造就的成果意義何在？《西部世界》中的科學狂人安東尼・霍普金斯給出的答案令人沮喪與憤怒：「人類的智慧就像孔雀的羽毛，只是奢侈的展示，皆在吸引伴侶，所有的藝術，文學，莫札特的一部分，莎士比亞，

米開朗琪羅還有帝國大廈，只是一個精心的求偶儀式。」人文在與科學的角力中明顯處於下風，不管人文學者如何警告純科學上的每一項新發現都具有潛在的顛覆性，提議必須小心翼翼地給科學戴上鎖鏈、套上籠頭，實際情況卻如阿道司‧赫胥黎所描繪的那樣：「不論出現什麼情況，科學進步是可以無休無止地進行下去的。知識是最大的善，真理是最高價值，所有其他的都是第二位的。」這個「美麗新世界」與《哈姆雷特》《奧賽羅》的世界不同，維持它的是科學配製出的藥丸所製造的快感，不是文學、宗教與高雅藝術。懂莎士比亞的詩歌，懂做陶泥和弓箭，參加過許多聖潔的儀式，在新世界裡，只能算「野蠻人」。

　　宗教、科學、人文猶如歷史上的金、蒙古、宋的三國演義，在與宗教所提供的關於宇宙、社會、人生的一套意識形態作鬥爭的過程中，科學與人文曾經結成過同盟。人文主義宣稱人是萬物的尺度，科學以懷疑與實證的方法論，逐步瓦解了封建神學的闡釋體系。人文學者樂觀地以為，人文主義與科學，就像太極的陰陽一樣默契配合，給我們提供前進的力量以及生命的意義和道德判斷。然而，正如蒙古與南宋的契約並不牢固一樣，科學得隴望蜀，一步步侵蝕專屬於人文的地盤，已經攻到了人文學的城下，試圖強迫人文學簽署城下之盟，並宣布人文學只是一套亞價值系統。

　　一般以為，人文學是以觀察、分析及批判來探討人類情

感、道德和理智的各門學科（包括哲學、文學、藝術、歷史、語言等）和知識的總稱，其出發點是德爾斐神廟古老的神諭「認識你自己」。自俄狄浦斯以「人」為謎底破解了斯芬克斯之謎，他就成了世上最不幸的人，因為他打開了一扇無窮無盡迷宮的大門，接踵而來的問題是：「人是什麼？人的價值與意義是什麼？」這才是性命攸關的問題，也是人文學所關注的核心。一代代學者鼓動了人類最高的心性與才智，上窮碧落下黃泉，像浮士德那樣「不知滿足地渴望瞭解事物的內在本質」，可曾有誰破解了它？這類問題過去屬於宗教現在屬於哲學領域，並非科學的範疇。但隨著科學的一家獨大，科學家們宣稱哲學已死，只能依靠科學才掌握著真理的鑰匙，要真正理解人，也必須如此。在生物學家看來，人類是臺複雜的生物機器，解開謎底，要靠物理法則與數學模式。這些模式非常複雜，非人類心智無法理解，只要系統地收集個體的生物統計資料，允許演算法分析這些資料，就可以告訴你你是誰，應該做些什麼。

關於科學家翻牆越界而侵入人文學領域的，道金斯與霍金都是典型。道金斯說個體是一架程式由它自己的自私基因盲目編制出來的機器，霍金為生命的意義給出「終極答案」：生命就是一種物理化學在特定的時間空間的變化，沒有意義，她的延續取決於無序的盲目的適應，適應者延續，不適應者消失。人文學者所津津樂道的「天、地、人」三才，或者莎士比亞的

名言「人類是多麼美麗！啊，新奇的世界」「人是一件多麼了不起的傑作！多麼高貴的理性！多麼偉大的力量！……宇宙的精華！萬物的靈長！」在科學家眼中，這只是不瞭解人類實質的一種過分誇張與主觀偏見，僅代表著人類「童年時代」的認知水準。

　　除了對「人」進行重新闡釋外，科學還試圖從根本上顛覆人文學的基石──自由意志。生命科學認為，沒有自由意志與自由選擇，一個人之所以做某件事或閃過某個願望，是因為特定基因構造讓大腦出現某種電化學反應，而基因構造反映的是從古至今的進化壓力及突變的結果，這個過程可能是生物預設或隨機，但不是自由意志。今天的腦科學只要掃描人腦，就能在受測者本人有所感覺前，預測他們會有什麼欲望、做出什麼決定。給老鼠的大腦皮層負責快感的點接上電極，與鍵盤上的一個鍵相連接。敲擊此鍵，立即產生無與倫比的快感。經過嘗試，老鼠領悟到快感和鍵擊的關係，於是不停地快速敲擊鍵盤，直到力竭而死。智人的實驗顯示，人也像老鼠一樣可以被操縱。只要能刺激人腦正確的位置，就算是愛、憤怒、恐懼或沮喪這些複雜的感受，也能夠被創造或抑制，快樂、成就感、榮譽感、焦慮、期待、裝神弄鬼、超凡入聖，都可以在實驗室通過刺激大腦特定區域類比出來。科學家調侃人文學者，不要把愛情看得那麼神聖，要品嘗愛情的滋味，一個電極就幫你搞定了。這樣一來，所謂「自我」以及「聆聽自己內心的聲音」

幾乎就解體了。人本質上是眾多生化系統的集合，並非不可分割的個體，這些系統靠演算法在運作，演算法並不自由，而是由基因和環境壓力塑造，雖然可以依據決定論或隨機做出決定，但絕不自由，人類是許多不同演算法的組合，並沒有單一的內在聲音或單一的自我。「內心的聲音」和「真實的願望」只不過是生化失衡，是大腦裡某種生化過程創造出的感覺。這些感覺只要使用藥物、基因工程或直接對腦部特定區域做出刺激，都可以製造出來，《西部世界》所設計的遊戲角色即是這種理念的完美注腳。

　　自由意志並不存在，人類所汲汲追求的生命意義，也只是人類設下的一個自我折磨的局。只有人類才思考生命的意義，正如馬克斯・韋伯所說：「人類是懸掛在自己編織的意義之網上的動物。」崇高神聖、猥瑣低賤判然有別，但用科學的尺子打量，意義只是人類虛構的一個概念，「立德、立功、立言」三不朽也好，天堂、地獄、煉獄也好，都是人類想像與虛構出來的，宇宙裡並沒有一個實實在在的東西代表「意義」。腦科學研究表明，人類的大腦是一堆嚴格按照物理規律行事的微粒，它不只是感知現實，同時也賦予它意義。負責這一工作的是左腦，不管主人做出了什麼樣的決策和行為，左腦都會負責收拾攤子，給出看似邏輯合理的解釋，為人類的生活找出意義。左腦善於編織美麗的藉口，來掩飾個體所犯的不可原諒的過錯，為了讓編造的理由顯得更加合理，人們往往在錯誤的道

路上越滑越遠，繼續投入，繼續行動，哪怕付出全部財產甚至生命。赫拉利在《未來簡史》裡寫到：我們發現人類社會一個荒謬的事實是，我們對一個想像的故事付出的犧牲越多，就越可能堅持，只是為了讓我們過去的犧牲和痛苦顯得更有意義。在政治裡有個語彙描述這種現象：我們的孩子不能白白犧牲症候群。因為這個症候群，更多的孩子們被繼續送往戰場送死，即便是活著回來的無數傷殘軍人也不願意相信他們曾經為之付出慘痛代價的戰爭，只不過是一些政客的一時衝動，第一次衝動的失敗，並不能被及時叫停，否則，前面的犧牲就沒有意義了。同樣的，人們為之奮鬥的神、信仰、地位、名譽、金錢，本身都是虛構的概念，只不過是左腦的強詞奪理。

歷代文學家用盡世間最浪漫語彙描繪的最強烈最美好的情感——愛情，也被科學解構與祛魅。一見鍾情或日久生情是phenyl ethylamine（苯基乙胺）這種激素的傑作。這是最基本的一種愛情物質，只要讓頭腦中產生足夠多的 PEA，愛情也就產生了。中西文學裡都有始亂終棄的情節模式，錢鍾書先生《管錐編》在分析《氓》時列舉中外論者關於男女對待愛情態度的差異，並指出「愛情於男只是生命中一段插話，而於女則是生命之全書」，何以有男女婚戀觀的區別？生物學給出的答案最接近真相：個體是一架程式由它自己的自私基因所盲目編制出來的機器，雌雄兩性的個體都「想要」在其一生中最大限度地增加它們的全部繁殖成果。由於精子與卵子在大小和數量方面

存在根本差別，雄性個體一般來說大多傾向於雌雄亂交，以便更多地複製自己的基因，而雌性則被生育綁架，而傾向於情感的穩定性。

由此想起二十世紀八〇年代興起的「美學熱」，當時矗立潮頭的李澤厚先生，多年之後以平和而理性的口氣承認：腦科學無進展，美感說不清。這顯示了一個學者的開放包容的胸襟與實事求是的態度，也說明人文學的發展不得不倚仗科學的發現與突破。馬克思要是生活在當下，他一定會孜孜不倦地研究互聯網與人類基因組，關注生物學與電腦科學的最新發展。十九世紀的馬克思而不是洪秀全與馬赫迪改變了世界，因為馬克思努力地理解當時的科技和經濟現實，而不是泡在聖賢的故紙堆裡，背誦與辯論古老的文本，解讀「全知全能」的聖人們的預言與夢想。

也是在二〇一六年，兩家知名高校的學報從 CSSCI 來源期刊變為擴展版，引發學術界一陣躁動，兩位在一套評價刊物影響力的指標體系中敗下陣來的主編用不同方法表達了對現實的不滿與無奈，引用率、轉載率等等現實的枷鎖在《西部世界》恢宏的想像力與敏銳的洞察力面前，猶如小兒科。引用與轉載指數儘管只是左腦編制的一套意義系統，但卻耗盡學者們的心力，使他們牢牢地困在狹小的領地。讀《人類簡史》《未來簡史》，不得不佩服赫拉利廣博的知識，涉獵的範圍，別具一格的視角以及將各種不同的事物、知識進行整合、交叉、融匯的

能力。而他的專業領域是歷史。在我們看來，生物基因、人工智慧、腦科學等等都是理工、醫學教授才會特別關注與用心的，人文學者不在規定的領域裡按學術規範從事研究，多少有點野狐禪與不務正業。這又回到了專業主義與業餘性這樣的老話題上來了。專業主義要求學者體現和貫徹某一學科的基本理論和方法，把握該學科的基礎原理和權威資料，經過這類「學科訓練」而生產出來的知識，固然促進了學術發展，但也日益脫離現實，變得狹隘、瑣屑、僵死，成為一種小圈子內的自娛自樂和精緻遊戲。因此，薩伊德、李歐梵、陳平原等學者都大力宣導「業餘性」以對抗專業主義。

　　一時代有一時代之問題，一時代有一時代之學術，今天擺在我們面前的最大危機無疑是來勢洶洶的人工智慧，如果人文學者以學科規範為藉口，滿足於一種自足的學術範式與專業化遊戲，躲進小樓成一統，不願正視技術爆炸咄咄逼人的現實，最後失去的將是人文學的合法性。「人之異於禽獸者幾希」，這是上古時代學者的響亮發言，今天的人文學者應該思考人之異於機器者何在，人的特殊性到底在哪裡，是意識、價值觀還是想像力？並且要大聲說出：「在政策領域，我們人類必須做出的一個最為重要的決定：是否允許修正人類生殖細胞基因。人類生殖細胞基因修正或許可以消滅特定種類的疾病，減少痛苦，讓我們的後代更聰明、更美麗。但它同時也會改變我們這個物種，會讓富人有機會炮製出猶如超人的子女……要權衡這

類問題，監管者不僅要具有一流的科學素質，還要具有一流的人文素質。」（紀思道《為什麼人文學科不應被摒棄》）

　　所幸，到目前為止，機器人還沒有「覺醒」，《西部世界》《異形‧契約》等科幻作品所描繪的場景並沒有到來，人文學還有時間。

顧隨的文學「金課」

　　顧隨生前曾在一次講課後感歎「惜不能有學生以筆記記之」，相比其在詩、詞、曲、散文、小說、詩歌評論、佛教禪學方面公開出版的著作，顧先生或者認為形諸文字的論著不足以囊括其識照、學力、性情與胸襟。不想學生中竟有有心之人，如今名滿天下的葉嘉瑩教授當年不僅認真記下筆記，還在半生流離輾轉的生活中一直隨身攜帶，晚年更陸續整理出顧先生講授先秦《詩經》、《楚辭》，魏晉三曹、陶潛以及唐詩、唐宋詞、宋詩、元曲、靜安詞、《人間詞話》等專題以及古典詩歌綜述、中國古典散文包括《論語》《中庸》《文賦》《昭明文選》《史記》等，得以將這位教育史與學術史上被低估的學者呈現在世人面前。

一

　　葉嘉瑩說，「凡是在書本中可以查考到的屬於所謂記問之學的知識，先生一向都極少講到，先生所講授的乃是他自己以其博學、銳感、深思以及豐富的閱讀和創作之經驗所體會和掌

握到的詩歌中真正的精華妙義之所在,並且更能將之用多種之譬解,作最為細緻和最為深入的傳達」。顧先生講課,不是學究式千篇一律的文字、段落、篇章、主題等程式化、模組化的方法,也非今天人文學者掛在嘴邊的目錄、版本、問題意識、學術範式之類。他直面文本,時而典麗、時而詼諧、時而凝重、時而舒徐,有時不發一言,得不涉理路、不落言筌之趣;有時又以一話頭,大量引申發揮,層層深入,接連講幾個小時甚至好幾周,似乎不太受現代大學剛性化的教學計畫所束縛。他長於感知,重審美直覺,往往以精妙的譬喻或「大言斷語」醒人耳目:「曹公是英雄中的詩人,老杜是詩人的英雄」,「古今中外之詩人所以能震爍古今流傳不朽,多以其偉大,而陶公之流傳不朽,不以其偉大,而以其平凡」,「杜是排山倒海,李是駕鳳乘鸞」等。在審美領域,不是嚴密的邏輯與概念而是體現著敏銳感知與藝術直覺的話語更能契合人心,無需繁複瑣碎的論證,只簡單一兩句話,直擊人心,直指本質,這種巧妙的斷語或譬喻既如老吏斷獄,又似老僧談禪,精警、睿智,妙不可言,有一顆玲瓏妙心的講者才會道出此種玲瓏妙句,這恰是傳統詩論文論曲論畫論的精髓。且不說鍾嶸《詩品》、司空圖《二十四詩品》還是嚴羽《滄浪詩話》這一脈蔚為大觀的傳統批評話語,就連王國維「後主則儼有釋迦、基督擔荷人類罪惡之意」、聞一多「詩中的詩,頂峰上的頂峰」之類的判語也是承繼這一路傳統,斬釘截鐵而自信滿滿,雖只片言隻語,卻能

看出學養高低與悟道深淺，不似巍然成體系的大部頭學術論著，拆開來卻無片磚只瓦可用，滿篇陳詞濫調，幾百頁一路讀下來，常識而已。

　　顧先生說，一切文學的創作皆是「心的探討」，詩根本不是教訓人的，只是在感動人，是「推」是「化」。文學的初心與魅力是美的創造及審美，不是令人生畏的知識譜系、邏輯框架與概念術語。難道不是因為文字的美感可以引領心靈世界從俗世中提升，不是因為閱讀經典時能感知到「異代蕭條不同時」、與歷史上那些生動的心靈與靈魂共振，才有一代又一代的人去涵詠、誦讀、揣摩與品味歷代不朽的文字？如果文學製造、評論者們不再依靠強烈的直覺，文學欣賞不再需要豐富有趣的心思，只是將詩句作客觀與邏輯的分析，以科學之「真」來代替審美創造與體驗，那文學會不會淪為哲學、歷史學、政治學、社會學、心理學的附庸，它還有獨立存在的必要嗎？

　　顧先生本人為韻文、散文作家，通美學、擅書法，能以平等的姿態與古人酬酢唱和，故授課時左右逢源，舒舒然說出自己的通觀妙解，不比那些沒有創作經驗的只會隔靴搔癢，體味不了文字的質感、聲音、色澤。「一切美文該是表現不是說明」，即是文學的不二法門，它給人印象而非概念。顧先生以覺、情、思（也用氣、格、韻）來衡量「三曹」，對才高八斗的子建重新打量，也對東坡、山谷、介甫之作進行了重新認定，甚至連常人視為杜甫名句的「朱門酒肉臭，路有凍死骨」，

在他看來亦屬「誇大之妄語，乃學道所忌」。吳梅《詞學通論》反復告誡讀者，切忌「浮響膚詞」，學習蘇、辛這樣所魄雄大的豪放詞人，往往易流於表面，以為古往今來、天地宇宙便是格局境界，實只能博得庸人叫好，病在「叫囂」。劉過與蔣捷，開叫囂之風。顧先生英雄所見略同：「後人學稼軒多犯二病：一為魯莽，稼軒才高，才氣縱橫，絕非魯莽，不是《水滸傳》李大哥蠻吹，忘此而學之乃亂來。二為浮淺，不能如稼軒之深入人心，深入人生核心，咀嚼人生。」兩人同為「具眼法人」，可謂莫逆於心。

　　紅學家周汝昌也回憶先師授課：「正如名角登場，你沒見過那種精氣神，一招一式之美、一音一字之妙……」如果說審美能力是一個人未來的核心競爭力，這種能力的培養要依靠老師的學養、識見與智慧慢慢熏習，顧先生的授課本身就是美的化身，將文學審美知識化與科學化、動輒滿口的專業術語只會令人望而生畏。這也許是先生的授課筆記被大家廣泛閱讀與推崇的原因。好文章要水流花自開，審美品味的培養，何嘗不是如此？

二

　　儘管顧先生著述豐厚，但在傳法弟子葉嘉瑩教授眼中：「先生在其他方面之成就，往往尚有蹤跡及規範的限制，而惟有先生之講課則是純以感發為主，全任神行，一空依傍。是我平生

所接觸過的講授詩歌最能得其神髓，而且也最富於啟發性的一個非常難得的好教師。」講錄中有一些詩論，只要稍加引申、補充些材料，便可成為開創性的論文。比如中關於曹操、陶淵明和杜甫互文的複調的觀點。當年聞一多、傅斯年也曾想展開來寫成古典詩學的詩論，但世不遂願，顧隨提綱挈領，已經將主要觀點擺明也將框架搭好了，只要再作申發，就可有開創之功。遺憾的是，我們看到的依然是葉嘉瑩和劉在昭老師的記錄，這些傳經者保留先生彌足珍貴的思想的同時，也留下了些許遺憾。

問題是，顧隨先生為什麼選擇了述而不作，他難道不知道文字比聲音更持久，為何不選擇將自己的想法搶先發表，填補空白？個中原因當然不好妄加猜測，或是限於個人精力，或是論文這種舶來的文體在表達審美發現時不如課堂上三言兩語提點學人來得直接，甚至與傳統的以少馭多、以心傳心有隔。但提出這個問題本身所反映的，卻是今天「不發表就死亡」的高校學術生態所導致的鬱躁心理對彼時學者相對優裕從容的隔膜。民國時期固然名家林立，學術名著蔚為大觀，但教授們的主要精力還是在人才培養上。即使由後世學人的回憶與轉述所傳奇化與神聖化的西南聯大，也將本科教學放在核心位置。蓋本科教學乃大學之本，知識傳承與人才培養實為大學首要任務，這是當時的共識。此種氛圍之下，就可理解學者們的「一本書主義」，他們能深植學養、不必過快出手，拿現成知識妝

點門面，也不用拿「半部傑作」或急就章來應付考評。楊振寧曾談到西南聯大的本科教學：「西南聯大的教學風氣是非常認真的。我們那時候所念的課，一般老師準備得很好，學生習題做得很多。所以在大學的四年和後來兩年研究院期間，我學了很多東西。」而葉嘉瑩將老師「所傳述的精華妙義」，視為「其他書本中所絕然無法獲得的一種無價之寶」，大概也因老師在上課方面花費了絕大部分的精力與心血。用現在的標準來衡量，顧先生的課無疑是「高階性、創新性、挑戰度」的「金課」，這一點是相對「低階性、陳舊性和不用心」的「水課」而言。

百度百科「黃仁宇」詞條介紹其工作經歷時寫道「因多年沒有新著問世，在六十二歲時被紐約州立大學紐普茲分校從正教授的職位上解聘」，排除剪不斷理還亂、欲說還休的人事糾葛，黃被解聘寫得上桌面的原因是選課學生過少而並非沒有新著問世，或者情況恰恰相反，他獲得校外科研機構資助之多甚至令同事眼紅。與對顧先生不搶先以論文發表成果的追問一樣，這一詞條反映了大眾對於大學教師職業的某種根深蒂固的誤解，即把創造新知識、提升人類知識增量看得比知識傳授傳承與人才培養更為重要。此種理解，很重要的原因之一是隨著知識經濟的興起，大學被賦予了科技創新、知識創新橋頭堡的功能。有學者認為「作為知識生產的中心的大學，在知識經濟時代將會在經濟增長中居於中心地位；另一方面，為適應知識

經濟的到來，大學也必須從根本上改變其活動方式，把知識創新作為其核心目標」，這已經遠遠超越了「通過科學研究方法和教學與科學研究相結合的方法去追求純粹知識」的洪堡理念了。另一方面，高校也越來越屈從於各種排行榜，以致將論文、課題與經費作為衡量大學辦學水準的重要指標，而潤物無聲、無法量化的教學被弱化也在情理之中。

　　「我們已經走得太遠，卻忘記了當初為什麼要出發」，高校偏離固有的航道遭到越來越多有識之士的反思與質疑：今年七月在逢甲大學訪問，校長李秉乾就直言，高校在科技研發投入與直接服務社會經濟方面哪能比得過谷歌、豐田、華為這樣的巨頭？其中心職能及獨特意義是也只能是知識的傳承。更早的時候，哈瑞・路易斯《失去靈魂的卓越》就批評哈佛忘記了本科教育的根本目的——把年輕人培養成具有社會責任感的成人！這算是誤入歧路之後的現代大學的自我反省與自我糾錯。在促進大學本位回歸上，美國著名大學使出了硬招與實招，MIT（麻省理工）認為重視本科生教學本身就是大學最核心的文化，教授不但必須要上課，而且他們也喜歡上課，背後有一整套的制度保證這一理念的實行。在芝加哥大學看來，教授的天職就是教學。至於科研，那屬於教授的個人旨趣。學校當然會支持教授的研究工作，但因為科研專案的過於宏大，老師需要投入精力過多而可能影響本科教學、最後只好放棄項目的事也不是沒有發生過。

目睹「教學是底線、科研是自留地」「教學是成全他人、科研是照亮自己」盛行，國家大力打造「金課」以對治其弊，算是猛藥治屙。也許更應該思索的深層問題是，中國讀書人向來有強烈的用世情懷，即便不能有事功，立言也要入「道學」，再不濟，「儒林」「史林」「文苑」也成。顧先生那個時代，到底營造了一種怎樣的大學文化、設計了怎樣的制度保障，讓大學教師能體面而不失尊嚴地生活，「精進無有息時，樹人唯恐或倦」，自甘淡泊，無怨無悔地做一個教書匠？

三

經師易得，人師難求。人格的引領總是勝過具體技藝的學習。葉嘉瑩教授之所以將筆記整理出版，意在嘉惠後世學人。與一般學術著作大多是知識性的、理論性的、純客觀的論述不同，筆記是源於知識卻超越於知識的一種心靈與智慧和修養的昇華。顧先生說，一種學問，總要和人之生命、生活發生關係。凡講學的若成為一種口號或一集團，則即變為一種偶像，失去其原有之意義與生命。讀者自可聞風相悅，在字裡行間遙想當年教室何等情愜意洽、法喜充滿。針對文人多「忽於操持，果於進取」，顧先生始終將學文與學道、作詩與做人相提並論，告誡學子修辭當以立誠為本，不誠則無物。

文學藝術最能代表一國國民最高情緒，但是，在顧先生看來，說情緒不如說情操。「情操」二字代表了中國士人君子立

身的根本，情是情感，操指紀律中有活動，活動中有紀律。人情之興發感動在所難免，以「賦比興」為根脈便可以串起整個中國詩學的特徵，但若放任情緒肆縱，不能收視返聽，缺乏自持功夫，不知檢點收束心中喜怒哀樂，縱有周公之才之美，難免驕、輕、吝、薄，亦不足觀。所謂詩教，即是教人平和，得溫柔敦厚之旨。凡人格物致知即為求做人的學問。學問雖然可以從知識中得到，但知識不等於學問，學問關鍵還在自己受用，在舉止進退、一言一笑、接人待物中得以體現，即便感恨牢騷，表現出來也該是和諧婉妙，因為作詩與做人都要感情與理智的調和。

牟宗三先生曾謂：「人總須親身在承當艱苦中磨練。」此是世法，亦是詩法，通於佛法的「法」與哲學的「道」。顧先生於古今詩人，最推重陶淵明，即因其不離世法，能實際踏上人生之路，親歷民間生活，而不是妄想以雅救俗，逃避苦難。此即所謂「佛法在不世間，不離世間覺」，離世覓不得菩提，人只有不去病苦、不免煩惱方能體悟人生：「陶淵明真了不得，有生活扎挣而是詩人，且真和諧，詩的修養比老杜高，真是有功夫。」閱盡人間艱辛，悟出生活殘酷，但不憤慨不偏激，「人吃苦希望甜來，但甜不一定來，而且還一定不來，但還是要吃苦。這是熱烈深刻，但陶寫來還是平淡，無論多餓吃東西也還要一口口慢慢吃，說話作文也還是一句句慢慢說，不必激昂慷慨，不也可以說出來嗎？」慢慢地說，即顧先生特別拈提出來

與「錘煉」相對應的另一種文字風致：「夷猶」。這是越讀韻味越深長的文字境界，也是不同於「狂」與「狷」，只是如實生活的心靈境界。

「去昏散病，絕斷常坑」，陶淵明到了這一境界，更為可貴的是，它並非為了成佛作祖，只為做人。

杜荀鶴人生的標本意義

一

晚唐杜荀鶴寫過一首《春宮怨》，名氣很大，清代蘅塘退士的《唐詩三百首》作過收錄，更使這首詩幾近婦孺皆知，全詩如下：

早被嬋娟誤，欲妝臨鏡慵。
承恩不在貌，教妾若為容？
風暖鳥聲碎，日高花影重。
年年越溪女，相憶采芙蓉。

此詩以「風暖」一聯飲譽詩壇，古今論者多推舉之。寥寥十字就寫盡了春風駘蕩、鳥聲輕碎、麗日高照、花影層疊的春景，就投入的文字與產生的效果而言，其「性價比」之高確已直追盛唐王孟諸公，且十字極好地反襯了宮女的怨情，特別是碎、重二字，極其生動傳神，可謂深得風人之旨。

筆者卻傾心於含聯兩句：「承恩不在貌，教妾若為容。」從詩學角度而言，這兩句直白淺露，有悖於詩歌含蓄蘊藉的傳統，反近於白居易的淺切通俗，算不得詩中的上品。但這兩句好在對個體生存狀況的揭示及思想瞬間綻放的光芒，作者在飽受潛規則之苦後終於悟出了傳統社會所普遍存在的歷史真實：逆淘汰。

表面上看，這兩句揭示了後宮中殘酷的生存環境，表現了一個宮女欲妝又罷的思想活動：在後宮這種女性競爭極為慘烈的地方，真能得到皇上青睞的並非容貌的漂亮與德行的高潔，相反，勾心鬥角、獻媚邀寵等有違公平競爭的刻意鑽營卻成為了最佳通行證——王昭君不見幸於漢元帝便是為人所熟知的反例。但稍具詩學修養的讀者會明白，此詩繼承了古典詩歌源遠流長的香草美人傳統，表面寫宮女，但實為自況，是不得志知識份子的憤切之語。這種「以色事人」的手法，創自屈原，在古典文學中被廣泛使用，唐人張籍、朱慶餘、秦韜玉用得爐火純青。皓首窮經的杜荀鶴，經歷了一次次失敗後，開始反思權力迷局與權力真相：原來社會選拔人才並非以真才實學為唯一標準，自己寒窗苦讀、練就一身真本事又有什麼意義？

相傳杜荀鶴是杜牧的微子，即其小妾有身孕後另嫁他人生下的。和一切才高位卑、志不獲展的詩人一樣，杜荀鶴在詩壇上享名很早，但文學才華，一如英國作家王爾德所言「所有的藝術都是無用的」，在價值取向單一的傳統社會更是如此，詩

人並不能成為一個有固定經濟來源的光鮮體面的職業，再優秀的詩人如果缺乏權力的賦值，仍將被歸併為失意者之列而只能發出「古來才命兩相妨」的浩歎。智力超群且成名頗早讓杜荀鶴有充足的理由相信自己可以一展抱負，他的《小松》詩借松寫人：「時人不識凌雲木，直待凌雲始道高」，雖譏刺時人目光短淺，亦自負棟樑之才。和晚唐大多數低靡頹廢的詩人相比，杜荀鶴算得上一位有兼濟情懷的儒者。他自稱詩旨未能忘救物（《自敘》），又稱言論關時務，篇章見國風（《秋日山中》），其詩篇再現了黃巢起義被鎮壓以後，藩鎮混戰年月裡，人民痛苦生活的悲慘世界。《山中寡婦》《亂後逢村叟》《再經胡城縣》《題所居村舍》《旅泊遇郡中叛亂示同志》在當時便膾炙人口流傳甚廣。他本人也贏得了「壯言大語」能使「貪夫廉，邪臣正」的美譽，人們甚至希望他遠繼陳子昂而成為「中興詩宗」。雖然民間與文壇的輿論對他比較有利，但如果他不僅僅滿足於外在的清譽而試圖有所作為，他就要經過科舉考試成為體制內的知識份子。儘管宣稱「寧為宇宙閒吟客，怕作乾坤竊祿人」，說說而已，不可當真，他和絕大多數士人一樣，本質上是儒家，在拯救與逍遙之間選擇的是前者。因此懷有濟世胸懷的他一而再地參加科舉考試，又一而再地失意於科場。

雖有詩卷卻無處投呈，雖有文名卻無人延譽，雖有詩名卻屢試不第，杜荀鶴的心態便發生了一些微妙的變化。其早年的詩篇展現出安貧樂道、質樸剛健的氣質：「無人開口不言利，

只我白頭空愛吟」,「晝短夜長須強學,學成貧亦勝他貧」,這樣的詩句與其說是作者的故作驚人之語,毋寧說是他精神上的自足和對未來的自信,雖不像盛唐氣象那般極端自負,比起大曆詩人的格調倒差不到哪裡去。但接連的選場失利讓他牢騷滿腹,他甚至懷疑詩才與祿位二者之間是否彼此不相容:「詩旨未能忘救物,世情奈值不容真」,「豈能詩苦者,便是命羈人」;有時他又哀憐命運,感歎寒門士子的不幸:「空有篇章傳海內,更無親族在朝中」,「江湖苦吟士,天地最窮人」,讀著讀著似乎可感受到一股蟲吟草間、郊寒島瘦的味道了。

二

　　可以不厚道地設想一下:如果在仕途上遭迍蹉跎的杜荀鶴回想起曾經寫過帶有勵志味道的《閒居書事》,會作何感想?在這首詩裡,詩人曾如此信心滿懷:「窗竹影搖書案上,野泉聲入硯池中。少年辛苦終身事,莫向光陰惰寸功。」窗竹影搖,野泉滴硯,書齋生活何等詩意盎然,令人神往!在這裡,作者將寒窗苦讀作了詩意化和光彩化的處理,求取知識過程的艱辛與漫長被幻化成與自然冥合的精神娛樂,這裡只有修竹、野泉,只有樂以忘憂令人神往的烏托邦美景,而與遺忘的反復搏鬥、吟安一字的痛苦斟酌、卷帙浩瀚的典籍梳爬等令人望而生畏的修業過程卻被有意無意地過濾與刪除了。不過,在後兩句詩裡,作者還是露出了馬腳,「少年辛苦終事成,莫向光陰

惰寸功」，自然環境的優美只不過淡化了求學的艱辛與痛苦。「辛苦」是確實存在的，只是作者心裡隱約包含著一項成本的計算，少年時代的辛苦會換來未來事業的成功，或如俗語所言，「吃得苦中苦，方為人上人」。

孔子曾言，「吾十又五而志於學」，孔子志於學的目的今已不可考，但在杜荀鶴那裡，其求學目的不可能是為了弘揚文化與學術，在傳統知識份子看來，文化與學術沒有用，滿腹經綸如果派不上用場，自己不能為人所用，就太可惜了。存有這份心理預設與心理期待，對於選拔制度上「承恩不在貌」這一實為逆淘汰操作手法的潛規則，他的反應才頗為失望，不那麼心平氣和。杜荀鶴的處境就像辛辛苦苦拿到博士學位卻找不到工作的學生一樣令人同情，他們原以為尋覓到了一把幸福的金鑰匙，誰知天堂已經更換了大門。這樣，人生便產生了一種根本性張力，這張力主要來自於價值層面，基於崎嶇不平的人生經歷的主體難免會有上當受騙大夢初醒的感覺，因此產生難以估量的心理落差。

身處潛規則之中並成為犧牲品的詩人杜荀鶴認為，當時的人才選拔實際變為了劣勝優汰，出現「瞎眼人強做離朱，堂下人翻居堂上」的格局，恰如經濟學家所言「劣幣驅逐良幣」。但他憤青般的意見只是晚唐社會多聲部中的一種，客觀而言，從政與文才並沒有必然聯繫，文才非但不是從政成功的必要條件，有時還是絆腳石。但文人們往往認識不到這一點，柏拉圖

在描述理想國時提出，最好由哲學家做城邦領導，到底還是書生之見。馬基雅維裡《君主論》就狠狠地駁斥了這種天真想法。木心一句話亦可謂鞭辟入裡：「哲學家不能治國，那是惡人的事。」想想也是，歷史上建功立業、功垂後世的從政者有幾個文學之士？這裡，歷史主義對倫理主義與理想主義構成了無情的反諷，這對杜荀鶴所認定的「逆」形成了挑戰，讓人再一次回味百無一用是書生的滄桑話題。

杜荀鶴也許沒有意識到這一點，他覺得自己才華蓋世但沒有找到對應的平臺。這樣，他遭遇到了前所未有的精神危機與價值虛無，他如何化解人生的張力？

一個讀書人意圖追求功名富貴本無可厚非，經世致用的思想源於儒家，孔子便是踐行這種人生觀的代表。他說，「富而可求也，雖執鞭之士，吾亦為之」，在與子貢的對話中，他表達過待價而沽的願望，他還因為受叛軍首領的召喚、希望出山從政而與子路發生過不愉快，甚至還說過「如用我，其為東周乎」「苟有用我者，期月而已，三年有成」之類的大話。但，孔子的可貴之處在於，雖知富貴為人之所欲，可他不會違背人格與道義去求取，從而真正做到了用之則行、舍之則藏。就算累累若喪家之狗，甚或多次出現生命之虞，他也能樂觀從容面對。孔子在化解人生張力方面至少採取了以下幾種策略：一、知其不可而為之；二、盡人事而聽天命；三、不怨天，不尤人。故他能安然接受人生道路的種種不幸與曲折，對於各種遭

遇均能泰然處之，他曾說過「不知命，無以為君子也」，他還說過「不義而富且貴，於我如浮雲」「君子固窮」。在他看來，貧困與漂泊實乃正直人士的別名，並不值得擔憂與恐懼。

莊子在應對靠逆淘汰運作的社會顯示出更灑脫更通達的態度，一句話，叫超脫與去執。當魏王以「何先生之憊邪」出語相譏，他以猿為喻，指出並非其筋骨加急而不柔，實則因為猿脫離了能大展拳腳的叢林而來到不適應的灌木叢，並進而指出在一個「昏上亂相」的社會，有德行之人身處其中怎能一展抱負？當暴發戶曹商前來炫富誇耀，莊子只是冷語相嘲，你曹商不過幹了些吮癰舐痔之類見不得人的事情而已。而當他的老朋友惠施出於嫉妒欲加害自己，他卻主動上門，嘲諷惠施只不過吃幾隻死老鼠的貓頭鷹，而非梧桐不止、非練食不食、非醴泉不飲的鳳凰哪會看得上眼？莊子的眼光不僅停留在價值層面，他的思考還穿越了存在層面，結論則相當悲觀——無論價值層面還是存在層面，從未始有物的高度看都是虛無的，世人所汲汲追求的財富、地位、祿爵實際上了無意義。有了這般深邃思想的觀照，莊子完全做到了「知其不可為而安之若命」，「乘物以遊心，托不得已以養中」，他總是以睿智的慧眼睥睨那些「智不知論極妙之言而自適一時之利」的看不穿看不透之人。

回到杜荀鶴。他的「承恩不在貌，教妾若為容」的感情色彩可以用怨而不怒來定位，他發洩對現實的不滿還算相當克制，尚不悖離溫柔敦厚的詩學傳統。這裡所言的克制當然不是

相對於孔子的「不怨天、不尤人」態度，而是與關漢卿《寶娥冤》中鋒芒畢露地指斥錯勘賢愚的最終仲裁者——天——作比較，也是相對於北島著名的詩句「卑鄙是卑鄙者的通行證，高尚是高尚者的墓誌銘」而言。還可以參照當代詩人伊沙的詩作：「中國文學史／是一部貶官的花名冊／和不得志者的難民營」，讀者明顯可感受到它們之間表述方式的不同及感情強度的差異。杜詩的情感如此耐人尋味——面對現實的種種不合理，他既不是如孔子一樣淡定自如，「憂道不憂貧」，也不是像莊子一樣徹底地解構一切。他還心存著不滿，但這種不滿只是棄婦般的哀怨與惆悵，似乎在呼喚移情別戀的丈夫回心轉意，卻不曾從根本上去反思造成自身悲劇的夫權社會。須知就連作為怨而不怒哀而不傷典範的《詩經》，其《小雅·正月之四》也直接對作為人間秩序最終裁決者的「天」的不作為產生過質疑與不滿：「民今方殆，視天夢夢。」可杜荀鶴沒有，他顯得身不由己與無可奈何，只能受到強大現實的擺布。從這兩句詩的情感意蘊裡似乎也可以尋繹出為什麼杜荀鶴會走出一條不同於孔子與莊子也不同於關漢卿他們的第四種道路。

孔子曾告誡子夏應做君子儒不要做小人儒。君子儒小人儒的訓釋頗為豐富，但為了達到某種看似崇高的目標而採取一些不太崇高的手段也應算小人儒的表現之一吧。宋人蘇轍曾指出歷史上存在著「君子鬥不過小人」的現象，易言之，殘酷的競爭中，道德優秀品質良善者常常會率先出局。問題就在這裡，

面對社會這一超級存在，作為個體，你無法通過制度建設更改其遊戲規則，杜荀鶴如果力圖對天下蒼生有所幫助對現實有所改變，他就不能做一個冷眼旁觀的獨立知識份子，而是要遵守人才競爭的潛規則進入仕途成為統治者的一員。於是道德上的鄉愿便產生了。缺乏後臺又想有所作為，詩人只好幹起「為侵星起謁朱門」之類的事情。顧雲在《唐風集序》中說杜荀鶴「左攬工部袂，右拍翰林肩」，雖出語刻薄但也活畫出干謁者諂媚的奴態。干謁陳情難免要投其所好，真話實話自然不受歡迎，歌功頌德則可大行其道。有記載表明，四十多歲的杜荀鶴遊大梁，獻《時世行》十首於朱溫，希望他省徭役，薄賦斂，但並不合朱溫的心意。他旅寄僧寺之中得到朱溫部下的指點，「稍削古風，即可進身」，這便成為他思想轉變的關鍵契機。那個曾經溫婉批評過承恩不在貌的不合理用人制度的詩人最終無奈地背叛了自我與操守，在他四十五歲時，他寫出《頌德詩》三十章取悅於朱溫。朱溫大喜，為他送名禮部，杜荀鶴因此得中大順二年(891)第八名進士。天復三年(903)，入梁，他又賦詩頌揚朱溫，授翰林學士。

三

　　朱溫如果是明君，杜荀鶴在後世所遭受的道德指責也許不會那麼強烈，恰恰他不是個好主兒，生性殘暴，時人稱乳虎，他殺昭宗，立哀帝，又廢哀帝自立。杜荀鶴向他陳情干謁，難

道沒想過史家會以「附逆」來將自己釘在十字架上？他到底是真糊塗還是功利心太重？

　　我們不知道獲知了權力運作真相並按圖索驥操作成功的杜荀鶴，寫《頌德詩》三十章的時候有無人格分裂與身心撕裂的痛苦。如果僅站在成功學的角度，人身依附、阿諛奉迎自然可算作能力的體現也是成功的必殺技，而品性操守往往被視作書呆子行徑，是累贅是絆腳石。可偏偏杜荀鶴是知識份子，不是沒有任何操守、無知無畏也不怕釘在歷史恥辱柱上的小人，他有宏願有理想有對未來的美好憧憬。在試圖獲得世俗意義上的成功之外，他內心深處還有超越庸常人生的別樣價值向度。比如，七律《贈彭蠡釣者》：偏坐漁舟出葦林，葦花零落向秋深。只將波上鷗為侶，不把人間事繫心。傍岸歌來風欲起，卷絲眠去月初沉。若教我似君閒放，贏得湖山到老吟。再如，《題德玄上人院》：刳得心來忙處閒，閒中方寸闊於天。浮生自是無空性，長壽何曾有百年。罷定磬敲松罅月，解眠茶煮石根泉。我雖未似師被衲，此理同師悟了然。在這樣的詩篇裡展現出深受佛道思想影響的閒適自在意趣，讀者何嘗見得到那個汲汲求取功名的焦慮不安的詩人？這裡沒有名韁利鎖，只有看透世事的禪趣與淡定，我們實在不相信這些文字出自於矯情，因為字裡行間流露出來的高情逸致並沒有刻意偽裝的痕跡，它們出自於真情流露。這就展現出了其心理矛盾與人生的兩難，正因為矛盾，杜荀鶴的人生軌跡才引人深思，一個以逸士為人生最高

目標的詩人為什麼走上了有損名節的不歸路？翻看歷史，其實知識份子的分布呈橄欖型：鬥士、烈士、壯士少得可憐，高士、逸士、隱士也數得清，絕大多數都和杜荀鶴一樣，前後兩端都靠不著，搖搖擺擺，首鼠兩端。《鑑誡錄》稱杜荀鶴「壯志清名，中道而廢」，語含無限惋惜之意。關鍵在於，他既不肯犧牲世俗的虛榮心，又不肯丟掉生活的實利心，高雅、功利兩不誤，藝術、仕途雙豐收。

　　檢視《唐風集》，杜荀鶴的形象很明顯地自相矛盾、相互牴牾。在《自敘》詩裡，杜將自己描述成「熟諳時事樂於貧」的睿智通脫之士，他「怕作乾坤竊祿人」而試圖成為「白髮吾唐一逸人」。另一方面，其干謁詩高達將近三十首，幾乎占其詩集的十分之一。當然，我們不可能奢望他反思造成起點不公的社會原因，也不奢望他設法建立保證機會公平的制度體系，只希望他能潔身自好。但他卻精明而狡黠地轉向了，在與狼共舞中也會了狼性生存法則，並試圖合理利用逆淘汰的潛規則淘汰對手。其干謁之作「朱門只見朱門事，猶把孤寒問阿誰」「多情禦史應嗟見，未上青雲白髮新」「應憐住山者，頭白未登科」等詩句哀求懇切之情溢於言表，語氣神情幾盡聲淚俱下。宋人葛立方《韻語陽秋》對他這種做派甚為不滿：「杜荀鶴老而未第，求知己甚切。《投裴侍郎》云：『只望至公將卷讀，不求朝士致書論。』《投李給事》云：『相知不相薦，何以自謀身。』《投所知》云：『知己雖然切，春官未必私。寧教讀書眼，不有

看花期。』《投崔尚書》云：『閉戶十年專筆硯，仰天無處認梯媒。』如此等等，幾於哀鳴也……則杜荀鶴之哀鳴，猶為可憐也。」這些詩作幾乎完全抹殺了《春宮怨》所綻放的批判機鋒與思想光芒。透過《春宮怨》與干謁詩的對比，可以看到一個以兩副不同面貌出現的詩人：一個是勘破世態人情、意欲歸隱山林的智者，另一個卻是在權門之外搖尾乞憐的可悲寒儒。

也許是生前就承受來自士人圈子的輿論壓力，杜荀鶴不得不在《江山與從弟話別》一詩中小心翼翼地為自己的行為辯解：「幹人不得已，非我欲為之。」就憑這句話，我不相信《舊五代史》把杜荀鶴說成小人得志，借朱溫之勢，將自己不喜歡的士人，「屈指怒數，將謀盡殺之」。他固然算不得君子，也不至於如此小肚雞腸。他確實有隱憂：自己將以何種形象為史冊所記載？宋初張齊賢已經開始大肆渲染他與朱溫的傳奇際遇了，《洛陽縉紳舊聞記》中的《梁太祖優待文士》，以漫畫的手法將他見朱溫的故事寫得活靈活現，辛辣的諷刺加無情的調侃。當代散文家張宗子有一句話：「我寧可喜歡和佩服一個堂堂正正的壞蛋，也看不起一個猥瑣的好人。」這話放在朱溫與杜荀鶴的身上還真合適。

在寫作《江山與從弟話別》時，杜荀鶴或許感受到杜甫「獨恥事干謁」所包含的酸甜苦辣。對於一個知識份子，社會從來都有兩套評價系統，一套主要出於在世時物質生活的考量，另一套卻主要來自於歷史對其道德文章的評價。事實上，

歷史上成功不成功的文人們都不太恥於杜荀鶴這種行為，並毫不留情地為其貼上了犬儒主義的標籤。我們如果有耐心認真聆聽他的自我表白——「幹人不得已，非我欲為之」，再聯繫到王維、李白、杜甫等眾多雖然光芒萬丈但也無奈干謁陳情的名字，假使我們無意於用孔子與莊子的高度對他們進行道德審判的話，其實更應思考的是：知識份子何以幾盡全部繳槍投降，整體上失去了風骨？堅守風骨的代價又是什麼？社會怎麼會變成一座中央監控式全景監獄？它又如何用縝密溫柔的權力技術來控制和馴服心靈？

重返樂園：萬物並育而不相害

一

事情要從一隻被打死的蒼蠅說起。

二〇〇九年，時任美國總統奧巴馬正接受電視採訪，一隻不識趣的蒼蠅不停地圍著總統腦袋打轉。特勤人員一時束手無策，奧巴馬只好親自動手，趁蒼蠅停留在左手，以迅雷不及掩耳之勢，抬起右手，將其就地正法。總統還不忘幽默一把：「我擊中了吸血鬼。」攝影師很配合地給了蒼蠅屍體一個特寫。這段視頻被放到網上，不想卻引起了動物保護組織的抗議與抱怨。他們的觀點是，總統當然可以幹掉一隻在臉旁飛來飛去的蒼蠅，但為了避免未來可能再次發生的傷害昆蟲事件，他們給總統送來一隻「人道捕蟲器」。

睹此，第一反應是《楞嚴經》經文：「忽於其處發無窮悲，如是乃至觀見蚊虻，猶如赤子，心生憐愍，不覺流淚。」動物保護主義者的行為與此處經文說法不謀而合，考慮到其西方文化背景，他們很可能沒有閱讀過佛經，其理念建構很顯然來自

另一套價值系統與精神資源。

　　會是什麼呢？近因當然可以歸於最近幾十年全球迅速發展的動物保護運動，它幾乎涉及方方面面——動物行為與動物心理研究、醫學研究中的動物實驗替代品與替代方式的開發、素食與健康和營養的研究以及食品開發、全球性的動物保護宣傳和無國界的動物保護支援行動等。這得主要感謝將動物保護運動上升到學理層面的英國哲學家彼得・辛格，他一九七五年出版的著作《動物解放》被人們稱為「動物權利運動的聖經」。彼得・辛格還以身作則、躬親實踐，在他的帶動下，動物保護人士正積極地以各種方式介入本國的具體政治生活，以各種方式促進動物福利。這場聲勢浩大的運動不僅包含救助牛羊貓狗等動物或出於生態平衡考慮對兇殘的野生動物進行有目的保護，而且還將同情心擴大到傳統認為的「害蟲」身上。這種情形，呼應了辛格另一部著作《擴大的圈子》的觀點：人類從自私自利中走出來，逐步移情於血親與同伴，人類不斷發展，其移情能力也逐漸擴張，從家庭、村莊擴展到族群、部落、國家和物種，最後擴展到所有有感知的生命。

　　往前梳理的話，辛格的理論先導應是功利主義哲學家邊沁。一七八九年，邊沁提出了動物權利的基本原理：「問題不是它們是否能夠思維，也不是它們是否能夠說話，而是它們是否痛苦。」不止邊沁，伊拉斯謨和蒙田等作家就大力抨擊在狩獵和屠室中對動物的殘害，文藝復興的巨人達芬奇也對動物持

同情與慈悲的態度。而西方最早關心動物倫理的，當推古希臘數學家的畢達哥拉斯。奧維德《變形記》提到畢達哥拉斯的素食主張：「大自然向人類提供了豐富的食物，人們不應該用流血與屠殺弄髒他們的身體。」

不過，在西方文明史上，這些觀點只能算是一道潛流，其主流是人對動物的道德超然立場。亞當夏娃的伊甸園時代，人與萬物還可和諧相處，但大洪水之後，動物便成為人類的盤中餐與營養來源。古希臘人和古羅馬人對動物在世間的排序，亞里斯多德的觀點堪為代表：「植物為了動物而生，動物則為了人而生。」基督教宣揚的愛沒有把動物包括在內，基督教誡命要盡心、盡性、盡意愛主，這是第一的，其次是愛人如己。這兩條誡命是律法和先知一切道理的總綱，即為博愛，但這種博愛的對象不包括動物，人對動物並不具備道德義務，人類的地位遠高於動物，動物被視為不具理性、不具道德地位，可供人類管轄和宰割的低等存在物。動物的存在完全是為了人類的利益。因為人類是有理性的而動物沒有，它們甚至不知道自己是活的，而理性生命有資格支配無理性生命，這也是為什麼人類能夠馴服動物，而動物不能馴服人類的原因。湯瑪斯・阿奎那秉持的觀點是：「據神聖的天意，動物存在的目的就是為人……因此，不論是殺死還是其他什麼方式，人只要利用了動物，都不算是錯誤。」西方現代哲學的奠基人笛卡爾儘管知道動物的神經系統和人類非常相像，但他堅持認為，生物就是鐘錶，不

會感覺痛苦或歡樂。人們聽起來像是哭號的聲音，無非是些機械的雜訊，就像是鐘錶的鈴聲，而不是來自靈魂的哭泣。

從這個意義上說，今天的動物權利保護運動，不過是西方人經歷漫長「無明」後的一次反撥，將二千多年前畢達哥拉斯的微弱聲音進行放大，壓倒了上期占主流的意見，並通過一浪高過一浪的呼籲與行動，使之成為當代全球重要的社會議程設置與迫切需要達成共識的倫理議題。

二

生活在魚米之鄉，幼時被告知，有些動物不可以吃，比如烏龜與甲魚等有殼的食物。烏龜偶爾也可食，不過是用於治療小孩尿床。在一些農村，牛被當作家庭成員之一，也不可宰殺送上餐桌，這種理念，與牛郎織女中的那頭老牛所受的待遇一樣。逢年過節，也會要青少年練習殺雞招待客人，老人則在一旁閉眼默禱：「母雞母雞你莫怪，你是人間一道菜。」

鄉下老人，沒讀書，也不識字，當然不會知道西方如火如荼的動物權利保護運動，何以會悲心常潤法輪常轉，生出西方人繞了一個大圈後才能證悟到的慧根覺情？

一提到眾生平等，不食肉，這與佛教文化的浸潤肯定大有關係。傳統節日重三元，中元節即宣講佛教故事。佛陀大弟子目連，其母青提夫人趁兒子外出時，天天宰殺牲畜，大肆烹嚼，從不修善。青提夫人死後被打入陰曹地府，受盡苦刑的懲

處。這一故事通過大量圖畫、劇本、寶卷與變文被記載與傳播，無數的民間藝人沖州撞府以演義勸導愚夫愚婦們積德修善，遂使不濫殺動物成為民間社會若隱若現的一條準則。被民間廣泛用於超度的《地藏經》經文裡，光目之母墮入地獄，也是因為生前「好食啖魚鱉之屬，所食魚鱉，多食其子，或炒或煮，恣情食啖，計其命數，千萬復倍」，通過這樣非正式的教育與薰陶，就會形成某些行為習慣與行為禁忌。比如，大人們往往不讓小孩們吃魚籽之類，會編出不同藉口，用意卻在潛移默化的愛心教育，培養小孩慈心。

死生之外無大事，因為這些民間信仰，使常人有所敬畏，也在潤物無聲中形成了動物與人類關係的倫理法則。有了這些鋪墊，「勸君莫食三月鯽，萬千魚仔在腹中。勸君莫打三春鳥，子在巢中望母歸」之類的勸善金句，才可能在較大範圍內傳播。「護生」即「護心」，誠如馬一浮為豐子愷《護生畫集》作序所言：「不殺螞蟻非為愛惜螞蟻之命，乃為愛護自己的心，使勿養成殘忍。頑童無端一腳踏死群蟻，此心放大起來，就可以坐了飛機拿炸彈來轟炸市區。故殘忍心不可不成。」這一點，與不傷蒼蠅的當代西方動物保護主義者何其相似。

佛經所言故事，對經世致用的世人來說，未至其境，或為妄談。但是，慈悲喜捨的理念卻深深契入文化慧命，呼應了傳統儒家的「民胞物與」「參天地讚化育」的終極境界——即與國人生命性情「相應」。

梁漱溟先生這樣解釋「參天地讚化育」：「惟天下之至誠，為能盡其性，能盡其性，則能盡人之性，能盡人之性，則能盡物之性，能盡物之性，則可以讚天地之化育，可以讚天地之化育，則可以與天地參矣。」儒家以人文的安頓為其學說的核心，然而儒家並不停留於此，而是力圖參透宇宙本體的渾一無對，所謂「仁者渾然與物同體」「仁者與物無對」也。儒家的終極境界並不是人類社會的和諧，君君臣臣父父子子只是其關注的一個主要側面而已，他們更高的境界並不在實用層面，這種境界也往往被常人遮蔽，但這才是儒家最生動與最精深之處。「萬物並育而不相害」，人類與動物應共存共容、彼此幫助，而不應以優勢的姿態凌駕甚至壓迫對方。儒家的人文主義要抵達「知周乎萬物而道濟天下」「觀天地生意」，通過萬物生生不息，感受天地造化間的生意盎然，體悟「至仁」須與天地為一體，因此就能生出視萬物如手足這一理念。無論孟子「萬物皆備於我矣。反身而誠，樂莫大焉」，還是程顥所云「仁者與天地萬物為一體」抑或王陽明的「大人者，以天地萬物為一體者也」，都是參透了天地奧秘後的心得之言。仁義的德性不僅要客觀化於人文世界，而且要擴及於天地萬物──「仁民而愛物」。

　　孔子「釣而不綱，弋不射宿」，原是出於自然萬物深深的仁愛。翻看《孔子家語》《孔叢子》及新發現《孔子詩論》等材料，在表明孔子把道德共同體的範圍擴展到動物，仁、恕、

孝、義等德都包括對動植物的關懷，「仁厚及於鳥獸昆蟲」，對「刳胎殺夭」「竭澤而漁」「覆巢破卵」等為則斥為「不義」。至於孔子學生高柴的「啟蟄不殺，方長不折」也同樣可以理解為仁心慈性。

　　道家認為萬物和諧為一，人跟物、跟昆蟲之類本來就沒有界限，物與物之間可以相互生流轉，互相變化。「天地與我並生，而萬物與我為一」「夫至德之世，同與禽獸居，族與萬物並」，人類跟萬物平等和諧在一起，彼此忘機、彼此和善、彼此交融、天機和諧、共用樂園，並非為了自身利益而片面榨取自然。

　　這種境界，在西方文化傳統裡只有零星的描述，如奧維德《變形記》：「在古代，我們所謂的黃金時代，人們過著幸福生活，樹上結著果子，地上長著菜蔬，污血從不沾唇。飛鳥在天空安全地翱翔，野兔在田野間躑躅，游魚毫無猜疑，也沒有吞鉤的危險。天地萬物不畏網羅，安享太平。」但與中國系統性地上升到天人之際的論述相比，無疑還是少了些。

三

　　自然主義者亨利・貝斯頓在《日冕之家》寫道：「我們對動物需要抱持另一種更有智慧，甚至是更具神秘意味的看法，人類遠離宇宙的自然本性，複雜狡詐的生存，文明的人類經由所學得的知識研究其它生物，以偏概全擴大透視，而扭曲整體

狀況，我們因動物的不完整，因他們的不幸，擁有低於人類形態的命運，而以庇護人自居，從這一點上我們就犯了錯，非常嚴重的錯，因為動物不應該被人類所衡量，在一個比我們發展得更早，更完整的國度裡，動物具有我們早已喪失甚至從未擁有的天賦異稟的感官，生活在我們無法聽聞的聲音之中。它們不是我們的手足，不是不起眼的棋子，它們是其它族群。」

乍看之下，很像在給中國傳統文化作注解，貝斯頓的論述終於與東方古代聖賢站在了同一認知起點上，經歷了漫漫歧路的西方動物倫理終於向東方價值觀彙聚。這是奉西方科學技術、學術範式、思維模式為圭臬的知識精英們最困惑不解的地方，也是西學東漸一百多年來文化守成主義者們積極捍衛本土文明的意義與價值所在。西式學術方法往往由外在的、觀解式思考路數入手，要求絕對冷靜與客觀，不斷在本質、概念、邏輯與限定等範圍內做功夫，對於知識的積累，這種方法無疑具有不可估量的作用。但由於對人性無善解，不能知性盡性，便很難開出價值之源，也無法樹立價值主體。即以動物為例，人只是作為研究者、旁觀者、局外人對待動物，用冰冷的數學方法自然無法求得溫情的關懷與體貼，因此，笛卡爾不會對動物產生道德義務，原因在於他放大了理性的作用，而不知道實已困住了自己的手腳。

當邊沁提出「問題不是它們是否能夠思維，也不是它們是否能夠說話，而是它們是否痛」時，事實上，動物之「痛」並

非數理邏輯的證明，也沒有解剖學與神經學的證據支持，這種痛感，是人類通過移情於動物身上感知到的痛點，類於孟子「古尚有聞其聲不忍食其肉，見其生，不忍見其死」，實為一種惻隱之心。後世發展成為一門學科的動物心理學所論述的種種動物心理，也只是人類將心比心，推論出的動物各種「想法」。其邏輯起點，不是笛卡爾所強調的數學方法，而恰恰是微妙而複雜的人心，是神秘的不慮而知不學而能的良知。可以說，用這種類似於純粹體驗的般若直覺、己所不欲勿施於「物」的價值尺度，而不是冷冰冰的數學公式，邊沁才在西方世界開出了動物倫理的新局。

學問之道，偏執容易圓融難，經常看到很多「片面的深刻」，令人感歎與深思。既分別精審，又善觀其通方為高格，既欣羨他人靈蛇之珠，也要珍視自家荆山之玉，執於一端是此非彼者，常顯迂直。百餘年的學術思潮，一切均以科學範式為號召，雅典智慧完成了它對中國的入耳入心之旅，一切以材料、實證、邏輯、推論為依憑，不符合這些要求的，一律在整理國故的口號下被剪裁與淘汰，這樣，「方以智」新範式取代了「圓而神」的傳統智慧。對此，新儒家代表牟宗三曾有過反思：「在我們文化傳統中，儒家學術裡，沒有科學，也沒有西方那種表現『智』的思考路數。因此儘量學習這一套，並不算錯。但是寖假以為這一套便是學術的一切，幾乎忘掉還有另一個學問骨幹的存在，甚至以為除古希臘傳統外，除那種觀解路

數以及其所派生的外，一切都不能算學問。因此中國文化生命所結晶成的那套實踐的學問，便真斬絕了，成了一無所有了。這並不是中國之福，甚至也並不是人類文化之福。」

　　若沿牟先生所論作進一步闡發，由概念、思辨、推論、證據等科學思維匯出的學問，或已落入第二義。真正厲害的是在「天地玄黃，首辟洪蒙」之際，一空依傍所綻放出來的靈光與智慧，這靈光與智慧是文化的動力與創造的根源，開啟了後世的學問與思辨又不是後世意義上的學問與思辨。孔門的仁，耶穌的愛，釋迦的悲便是此種靈光與智慧，不需借助公式、定理、概念、邏輯，也不需要繁瑣的論證與推理，就這樣純一而直接呈現，但不容質疑置辯。這靈光如明燈，驀然照亮千年暗室，也照耀人類的精神天空，維持著千年的世道人心。相比之下，達爾文發現的自然法則，論思想高度，不過就是「天地不仁，以萬物為芻狗」的翻版；論人文價值，無法以德性潤澤生命，也不能開出拯救地球的藥方。

　　也許只要一句「天地之大德曰生」就可以讓弱肉強食、優勝劣汰的理論啞口無言，盡心知天、廓然大公的聖人們依靠敏銳的直覺即能遙契真理，其豐富與莊嚴遠非抽象的理性所能比擬。本心澄明、物我兩忘，觀萬物生意，體悟天地萬物本吾一體，又怎麼會生出物我貴賤之分的魔障？

四

可喜的是，在世界範圍內，動物保護正步步為營，節節勝利。一八二一年，英國議會第一次嘗試立法禁止虐待馬，當初次宣讀提案時，議員們發出一片狂笑，他們表示，接下來就會有人要求保護狗甚至貓了。果不其然，在接下來的二十多年裡，英國議會確實接到了這樣的要求。隨後，在人道主義和浪漫主義的交響曲裡，催生出波瀾壯闊的反活體解剖聯盟、素食運動以及各種防止虐待動物與保障動物福利的社團。

這些實踐的理論基石源自觀念的一步步演進，源自東西方智慧的交匯與合一。對動物的保護契合了人類內心深深的還鄉情結。正如人從離開母體子宮那一刻起，潛意識中總有重回子宮與母體合一的衝動一樣，人類無奈地從樂園裡被驅逐出來後，潛意識中一直都在渴望重返樂園，重回物我不分的至德之世，那才是幸福的真正源頭。以動物行為學獲得諾貝爾獎的生物學家康納德・洛倫茲說：「人要真正獲得幸福，其實就是要回到物我不分的境界。但是，由於文明的發展與歷史的進程，人類越來越遠離自然，以至於我們其實是在一種心靈非常孤獨的狀態。」這樣就可以理解人們為什麼習慣於養寵物，一隻小狗或小貓，這些四足動物陪著人類，人類似乎就與那斷了線的樂園重新恢復了聯繫，在某個時刻重新體驗到原始而單純的物我交融的境界。

遺憾的是，當西方人文主義理念開始接近東方儒道的觀念，逐漸視萬物為一體，重視「物吾與也」時，我們卻在科學的旗號下摒棄了傳統，拾起已經被證明為落後與荒謬的物種等級主義。近年來興起莫名其妙的狼性精神，一方面讓人想起亞里斯多德的動物營養論，另一方面彷彿使人置身於原始叢林，遠離文明教化的人文世界。每到冬季，大塊朵頤、壯陽養生的狗肉火鍋大行其道，夏天便是被大量養殖又遭集體殺戮的小龍蝦，對此，很少有人產生道德上的內疚和良心的不安。

　　在學習西方的過程中，中西觀念悄悄進行了置換，只是，買櫝還珠的是我們。缺乏仁心慈性，只看到世人的盲爽發狂與精神世界的四分五裂，陷於漆黑一團之境。

　　回到奧巴馬打死的那隻蒼蠅，依《楞嚴經》，就算你看到蚊虻，「猶如赤子，心生憐愍，不覺流淚」，其實是「功用抑摧過越」，「悟則無咎，非為聖證」，這還不是最高境界呢。

文化生活叢書　1300003

此心安處是吾鄉

作　　者	陳建華
責任編輯	曾湘綾

發 行 人	林慶彰
總 經 理	梁錦興
總 編 輯	張晏瑞
編 輯 所	萬卷樓圖書(股)公司

臺北市羅斯福路二段 41 號 6 樓之 3
電話 (02)23216565
傳真 (02)23218698

發　　行	萬卷樓圖書(股)公司

臺北市羅斯福路二段 41 號 6 樓之 3
電話 (02)23216565
傳真 (02)23218698
電郵 SERVICE@WANJUAN.COM.TW

香港經銷
香港聯合書刊物流有限公司
電話 (852)21502100
傳真 (852)23560735

ISBN 978-986-478-354-0
2020 年 5 月初版
定價：新臺幣 380 元

如何購買本書：
1. 劃撥購書，請透過以下帳號
　　帳號：15624015
　　戶名：萬卷樓圖書股份有限公司
2. 轉帳購書，請透過以下帳戶
　　合作金庫銀行　古亭分行
　　戶名：萬卷樓圖書股份有限公司
　　帳號：0877717092596
3. 網路購書，請透過萬卷樓網站
　　網址 WWW.WANJUAN.COM.TW
大量購書，請直接聯繫，將有專人
為您服務。(02)23216565　分機 610

如有缺頁、破損或裝訂錯誤，請寄
回更換

國家圖書館出版品預行編目資料

此心安處是吾鄉 / 陳建華作. -- 初
版. -- 臺北市：萬卷樓，2020.05
　　面；　　公分. -- (文化生活叢書；
1300003)
ISBN 978-986-478-354-0(平裝)

855　　　　　　　　　　109004430